故乡的候鸟

阿拉提·阿斯木 / 著

我飞过大田
飞过户外
飞过海洋
飞进你温暖的心灵世界
给你绘制最新最美的图画

总局精品原创文艺出版工程

中国出版集团
中译出版社

图书在版编目（CIP）数据

故乡的候鸟/阿拉提·阿斯木著.—北京：中译出版社，2016.5（2021.6重印）

ISBN 978-7-5001-4725-1

I.①故… II.①阿… III.①短篇小说—小说集—中国—当代 IV.①I247.7

中国版本图书馆CIP数据核字（2016）第088125号

出版发行／中译出版社
地　　址／北京市西城区车公庄大街甲4号物华大厦六层
电　　话／（010）68359376；68359827（发行部）；683582243（编辑部）
邮　　编／100044
传　　真／（010）68357870
电子邮箱／book@ctph.com.cn
网　　址／http://www.ctph.com.cn

总 策 划／张高里
策划编辑／范　伟
责任编辑／范　伟　张孟桥

封面设计／潘　峰
排　　版／北京竹叶图文有限公司
印　　刷／北京顶佳世纪印刷有限公司
经　　销／新华书店

规　　格／880毫米×1230毫米　1/32
印　　张／7.125
字　　数／180千
版　　次／2016年5月第一版
印　　次／2021年6月第二次

ISBN 978-7-5001-4725-1　　　定价：30.00元

版权所有　侵权必究
中译出版社

目录

第一章　我是你最后的老水磨　/ 1
第二章　我是你最早的童话　/ 14
第三章　我是你的歌剧院　/ 42
第四章　我是你的飞毯　/ 64
第五章　我是你心灵深处的汉人街　/ 85
第六章　我是你永恒的歌手　/ 129
第七章　我是你唯一的河流　/ 149
第八章　我是你的伊力大曲　/ 182
第九章　我是你心中的手风琴手　/ 198
第十章　我是你今天的儿子　/ 211

第一章　我是你最后的老水磨

我是你最后的老水磨，我代表这世外桃源似的村庄感谢你的存在。我知道，千年来我是这个村庄唯一的中心，在我的身边和在你的心灵深处，发生了太多的人间诗话和激动人心的故事。在太平静的那些年代，你只能欣赏我的心平气和，一切的日子都过去了，而水从遥远的人间带来了太多的故事，有的人和事是我们从前的朋友，有的欢唱和血泪是我们从未听到过的经典和悲剧。无论怎样，我为我的存在感到骄傲，因为你的存在，因为畅流不停的水的鼓励和赞美，我们不停地运转着，为了回报你对我付出的爱和认可。

是时间让我回来的。我回来后在这个一家人似的村庄的乐园里从伟大的长老木沙江的手里买下了这个磨坊。木沙江和他的儿子艾沙江是我永恒的话题，在下面的那些章节里我会向你认真地、爱心地、忠诚地、纪念地讲述他们的祖辈在这个村庄的作用和在这片河谷伟大的创业，他的家族七代好汉都是在俄国发迹，完成了创业大业后，回到这个村庄的。这一切的一切，常常让我激动不已。

是时间把我带到这里的。时间是人间的骄子吗？她无所不能吗？她是一切时代的使者吗？那么时间是什么？我情窦初开的时候，我热恋的时候，我与恋人相抱的时候，时间在哪里呢？在我的欲望里吗？不然就是在我的情人的心里了，因为她的心敏感，懂我不懂的一切，了解人之间和动物界的爱和灾难，我信她，所有的时间一定在她的灵魂世界里。要不，时间是机会吗？如果是这样，那些有时间的人们，为什么抓不住自己的机会呢？那么她是成就吗？成就是引我们去天堂的使者吗？她们最后的家园是什么？是功成名就吗？准确地说，时间是我的小麦和面粉，小麦不会说话，亲切的面粉在村人似的袋子里沉默着，而最后在他们的身后十里大声说话。这个年代，我太多地信小麦和面粉，因为只有她们才能听得懂我用挚爱的语言向她们讲述的我的从前和我的现在、我的欲望和我的雄心壮志、我的小人心肠和我的小丑陋。那么时间是什么呢？是爱情吗？爱情有眼睛吗？在热恋的年月她们懂东南西北吗？如果爱情是一条长河，那么都是一些什么人在这条河里呢？穷人？富人？中等人？是的，爱情属于每一个人。因为他们追求一种永恒的价值。是的，在一切的一切都过剩的这个天下，我们不知道时间是什么，我只知道，她把我带到了这个美丽的河岸村庄，给了我一次机会，让我用炙热的语言来回忆我的一生，再一次地开心。我和从前对话，在宁静的河畔，不是向人，而是向水和水里的鱼世界忏悔。时间告诉我说，爱情是长久的美丽。

那么时间是酒吗？我想是的，现如今伟大的伊力大曲已经在这个无边的土地树立她不倒的形象，她在一切男人的心里，我看到了她的价值和她的热心肠。是的，时间就是伊力大曲！她才是真正的悲欢离合。酒不是我们的专利，她是一切男人的好东西。男人吃不下饭，做不成事，开始掉进无聊的海洋的时候，酒美好、坚决地治愈了我们男人的心病，洗刷了我们的泪水，酒的存在对我们可怜的男人是光明灿烂的。好摆功的历史和夜一样神秘的野史，只记录了男人的功成名就和他们在历史长河里的大业和大幸福，这里没有酒的地位，但是她们也在看不见的地方起到决定性的作用，书写酒史的人不敢正视这个存在，这也是时间的悲剧。时间是维吾尔人的抓饭吗？是的，这个民族用这个饭接待众多的参加生老病死之人的喜事丧事的大人、小人，用一锅抓饭接待百人、千人、万人，把众多的时间都糅到了一个庭院、一个小屋和一个美丽的村落。我们在时间的安慰下活着，我们看不到我们至今梦过的许多好事。我们的人间，我们的天地，我们的机会，我们的世界是慷慨的也是吝啬的，他总是在自己的河流里自我欣赏，而我们情爱的语言，在角落回忆我们自己的果园，躺在自己的暖床上，享受日子，理解时间，对于可怜的我们，这是一个永远的神话。

那么，时间是神话吗？她是悲剧吗？是的，她是神话。千年前的万年里，在维吾尔族社会我们的父母老人们，奶奶们，我们的祖母和祖爷们，在一切的激动人心的夜晚，在星星下，在热闹的馕坑边，给我们讲述过太多太多神奇无限的世界神奇的故事，那就是我们今天的电视机。电视机把今天的大千世界，把昨天的战争，把人类早期善良的我爱你、你爱我都浓缩到了一个小小的机器里。祖辈讲，在世界末日的时候，会出现一个神镜，一切的一切都会出现在那个神奇的镜片里。是的，也不是，这样一个美好的世界，绝不是世界的末日，我们正兴高采烈地活着、爱着、劳作着、奋斗着，理想使我们更加辉煌、可爱，能说这是世界的末日吗？那天，我和木沙江商谈收购他们的水磨的时候，他说了一句话，说，自从人们开始不吃水磨面，改吃电磨面的时候，世界的味道就被颠覆了。

时间是悲剧吗？不是，因为我们在创造时间。时间远远不是悲剧，因为我们没有超出我们自身需要的要求，我们的心态永远是平稳的。总结过去，希望未来，在寸草不生的旱田里播种希望，是我们的前定。不忘记在这个伟大的河谷第一次把伟大的河水引来的男子汉，这就足够了，悲剧是文化和财富中剩余价值里蛊惑人心的巫师，河谷的历史记录了争宠的一切，男人们为太多的身外之物而钩心斗角的故事和精彩的细节，这是他们的悲剧。而贫民的劳作虽然在贵族的眼里是可怜的，但他们可以和母亲的温暖一样的太阳对语，这是他们的幸福。幸福是平淡的，争宠、争物、争名、争风光是悲剧的源泉和现实，这一点，伟大的时间看得一清二楚。

是时间把我带到这美丽的河岸村庄里的，最可爱的人和动物是忘记了时间的人和动物。他们一心在安拉的祝福里遨游天下，他们身在河谷，心在天下，安拉给他们信仰力量，让他们在人鬼之间保存自己的清醒和纯洁。这是他们天大的幸福，这是他们不争的基础，平民生活幸福，所以他们不争身外之物。

时间是一首唱不完的歌。诗人铁依甫江深情地说，时间的爱和伟大是唱不完的，爱的音符永远在你的心里。只要是人子，爱永远在他们灵魂最亮丽的地方护卫他们的精神王国，这个神曲永远也唱不完。我们有过失望的春天，时间爱过我们，也使我们长泪满面，直至我们最后哭不出来为止。时间是我们的记忆，她那样坚决地在我们的心里留下了我们在这一生中绝不能忘记的一些事情。一是爱，它们是具体的眼和心，物和非物，一是情，同样她们也是我们鲜明的记忆，这是时间的公正。

我是从木沙江的儿子艾沙江的手里买下了这个水磨的。

河岸村是这片河流最后的一块宝地。最早的太阳是她的朋友，最早的朝霞让她睁开迷人的眼睛，太阳把人间美好灿烂的信息，在第一时间传给她，让她的祝福光明灿烂，让她的光泽恩赐有方，让她迈进第一片干旱的土地。那晚，从遥远的地方赶来的名人和庶人都愉快地评价这个村庄，说这是他们在这个人世见到过的第一个也是最后一个小天堂。河岸村是一个独立的存在，远离乡县，不通电话，基本上过着老子天下第一的日子。用维语讲，是家里没有老大，山羊的名字叫阿不都热合曼，汉语的说法是山中无老虎，猴子称霸王。她是油画一样的村庄，她最美的地方是那条温暖人心的爱河和我，也就是这座千年老水磨。河的源头是太阳升起的方向，是人间光明的源头，油亮的河水从东方流来，带着千山万泉的问候而来，唱着千年前真男人最后的祝福和遗言而来，带着百亿万亿好男人的希望而来，流向太阳落山的方向，给村庄永远的活力和安居。村庄的前方是神镜一样的爱河，这是河岸村人的运气，是安拉的安排，真主把最美好的东西给了这些善良的人们。他们是希望的宠民，他们是春风春雨、春花春人的佳人。

村庄后面是连接远山的丘陵，也是大面积的旱田，他们种不完，土地太多，人少，村人众多的马牛羊也吃不完旱田上的那些好草，基本上都是中药。旱田的麦子是人人争着要的好东西，那是最天然的纯粮食。

艾沙江是木沙江的传人，村人说，艾沙江继承了老爸的一切活法和习惯，喝酒、打猎、抓鱼，从山里偷木头，在没有月亮的夜，在神秘的磨坊讲故事、吃馕、喝茶、喊歌。

艾沙江有钱，有太多的马牛羊，每年上万亩的旱田麦子下来后，县里的有些贵人说软话，求他。更重要的是，他可以用这些东西认识许多人，这才是真的财富，是心上的嘴上的财富。

前人给我们留下过一句话，财富过千万，不如朋友有千万。这也是至理名言，因为不认钱的人认友谊，金钱敲不开他们，友谊可以走进去。艾沙江还有好猎枪，是德国造的，是他爷爷留下的，木沙江说最早是他爷爷从一个俄国人的手中买下的。有小船、渔网。捕鱼有一手，瞄准河水打瞌睡的一个方向，撒网，都是大鱼、好鱼，有十几公斤的青黄鱼，更多的是长长的白条，都是男人的补品，吃上一条半条，心里热热的，眼睛贼亮。

最可爱的是他们的猎狗，艾沙江划船过河的时候，它像一个小人儿，像一个朋友，站立在主人的身边，向他诉说自己的忠诚和它的祖辈们助他们猎野鸡、野羊、野猪和狗熊的历史，这个资本在它的棕色的无数好毛上闪着暗光。这是他们共同的光荣，是他们和它们家族的骄傲，是村里二百多户人家众口一声的赞。上岸后，猎狗开始殷勤地东跑西窜，它知道老地方，它第一个跑进村里，吓唬那些在丛林里安身蜗居的一对对野鸡，当它们成群地飞上空中的时候，艾沙江不要脸的枪就会响起来，更多的时候是连发，而后是两只野鸡落地，常常是一公一母，它们一起告别它们的王国，猎狗习惯地，很自然地叼来两只野鸡，丢在主人面前，走狗似地摇尾巴。这时候艾沙江把枪交给朋友，拿起雪地里的野鸡，用小猎刀割下野鸡的屁股眼，掏空内脏后，交给朋友。这是他防野鸡发臭的一个办法，也是他的习惯，他不让朋友动手。每一次回家，都是一大麻袋野鸡。其实，他对野鸡的肉不感兴趣，主要是这种玩的形式让他兴奋。野鸡那天晚上当然也会被送到他的朋友们的家里，他手下的人和他的朋友是不会忘记这一点的。

村长是唯一的中心，木沙江和他的儿子艾沙江也是硬亮的老道人。小小的村庄，在他们的内心里是一个巨大的世界。活到了头的人们会自然地死去，给他们送葬入土为安，都是村长的事，当然在一些细节上，木沙江是要拿主意的，还有许许多多的事，小伙子们娶媳妇的事，姑娘们要远嫁的事。在这个没有太多的事儿的村庄，不是事儿的事，统治着他们的整个日子。腊月到来的时候，河水结冰，许多人开始运木头的时候，艾沙江的心在打猎上，他带上枪，和他的助手马立克一起，带上他可爱的小猎狗，走过冰河，走过树林，走进千万年的古木树林，开始打猎，都是大家伙，野鸡的日子已经过去了。这时候他们打棕熊，在艾沙江的父亲木沙江风光的那些年代，老木沙江是不用枪打棕熊的，这一点，村里的人都知道，县里的、地区的、整片河谷的男人们都了解这一点。他和马立克他们在树林里的许多地方挖一个土坑，上方宽，下方小，上面树枝盖好，棕熊走过来，掉进去，动都不能动。这是他们想出的一个好办法。因为熊皮在下游一百多公里的农场，可以换好多公斤好酒。后来熊少了，这种办法不灵了，于是艾沙江开始用那把德国造的好枪说话了。熊皮熊掌，在那个牧场，始终是好东西。这样的日子继续着，不同的男人用不同的方式继续着自己的生活，每一个人都有自己的生活方式，播种鲜花和采摘鲜花。总之，生活在他们的面前是美丽可爱的，而艾沙江仍唱着爱歌，处理完那些棕熊以后，就和马立克他们走进深山，把命放在主手上，开始打狗熊了。

老木沙江给儿子说过，我一生打过无数狗熊，我的生活是极度冒险的，现在不行了，狗熊一天比一天多了，不要进山了，过平安的日子吧。艾沙江只说好，不正面回答父亲，因为他不能不打，进深山打狗熊，是他最大的幸福。他成功了，每年都能猎到许多只熊，大得吓人的熊皮，是成功也是骄傲，也是财富，但是树大招风，这些事传进城里，天生喜爱好东西的一些有权势的人就坐不住，要买他的熊皮，或是用东西换。都是他们手下的人来传达这个意思，他们的话腔里自然地流露着强迫的潜台词，那意思是说，我们头儿说话了，熊皮我们可拿走，要钱，要东西，你说话。艾沙江好多年都是这样过来的，然而这一次，说词就不一样了。因为县里一位大人物的助手来见到了他。那是在春天，万物都睁开眼睛享受光明灿烂的大地的时候，他和马立克，还有他们那些和他一起玩麦西来甫的朋友们一起，在亲切的磨坊前巨大的原木上，接受刚刚升起来的太阳的洗礼。那位助手的名字叫克力木，小个儿，圆脸，塌鼻子，眼睛是那种没有生命活力的女人的眼睛。没有固定的一种情绪，像醉鬼的心一样飘来飘去，没有他血液里的光芒。他用假笑和他们握手，用假眼睛看他们，用假话扰乱他们，而后用危险的眼神看他，说，要钱也好，要东西也好，他都会让他满意。艾沙江也笑着拒绝了他，说这张熊皮我要留给儿子，不卖。这当然是他的一个借口，其实他很喜欢这张熊皮，大，色泽好，而且在猎到它的时候，的确是费了很大的劲。那个冬天他们在深山里在很近的一个地方遇到了那个大狗熊，他灵敏的耳朵听到了那棵千年松树后面的狗熊的呼吸声，马立克有点怕了，因为他还不曾这样近距离地见到过这种大猎物，艾沙江勇敢地举起了枪，他打中了狗熊的眼睛，而且马立克的单筒猎枪也响了，他打中了狗熊的前腿。在狗熊叫着乱窜的时候，艾沙江用他平时套马的长绳，套住了挣扎着乱叫的狗熊，马立克突然来劲了，跑过来，帮助艾沙江把狗熊缠绑在了大树上，艾沙江抽出手，捆住了它的四只脚，这样，狗熊动不了了。他从腰部抽出他的长猎刀，把狗熊的头割了下来，他们俩在神秘的深山深处折腾了两个多小时，剥下熊皮，装好熊的一切内脏，割下四只熊掌，走了。

艾沙江不愿让出这张熊皮的原因是多方面的，最主要的一点是他那次猎熊的一个深刻的记忆，再者，这是一张很大的熊皮。然而，克力木的眼睛变成了太监狡诈的眼神，他傲视艾沙江，说，你儿子要那东西干什么？他嘴上还未长几根黑毛，要熊皮干什么？熊皮是娃娃的东西吗？你要知道，熊皮是熊一样的男人的专利品，只有他们，才是这河谷一切熊皮的主人。艾沙江还是不松口，他肚子里的话是你能把我怎么样！能把我的小宝贝割了去吗？你最后的办法只能是强迫我出手。克力木硬的软的办法都用完了，他开始恨艾沙江，他说你为什么不向你老爸学习，他可不像你这样难缠顽固僵硬。艾沙江说，一个时代有一个时代的毛病，我是我，我有我的活法，你们需要好东西，我也需要。克力木闭上了眼睛，这是他的习惯，在遇到难题的时候，他就这样。他说，我和你的儿子一起要，那张特大的熊皮对我们太重要了，我们的头儿要出远门办大事，没有当地最好的东西，我们还有脸出去吗？我们给你的儿子在县里安排工作，在电厂安排一个好事，拿工资，就这样了，熊皮给我。这一次，艾沙江动心了，他的心的暖光显露在了他的爱脸上。儿子能在城里有一个工作，月月拿钱，那可是大事。艾沙江提出了条件，你们先安排我儿子，我把熊皮和在面粉里储藏着的四只熊掌一起送去。三天后，克力木把事儿办好了，坐着一辆小车来，带着艾沙江的儿子阿力木进县城了，艾沙江一起上车，把熊皮和四只熊掌也送去了。在河岸村，这是一件大事，阿力木是第一个进县城工作的娃,许多人都为他高兴。阿力木的朋友们说,还是有个会猎熊的老爸好啊,阿力木在电厂工作了一个月后,老木沙江进县城看孙子去了,他不放心孩子睡什么地方,在哪里吃饭,他想给他娶个女人,在城里给他安个家,让他过舒心的日子。老木沙江走到电厂院子里问了几个往外走的中年人,他们说我们厂里有十多个阿力木,你要找的是哪一个?他说是河岸村来的那个阿力木,于是那人说知道了,是阿力木熊皮,请你到第三车间去找。老木沙江纳闷儿,孙子怎么会有这么个外号呢?后来他明白了,厂里的工友们知道了阿力木参加工作的秘密后,就给他起了这么个外号。

说起外号,老艾沙江也有一个,村里的人都叫他艾沙江牛牛,他是说一不二的人。他在村里是有威望的。水磨村的存在,是他最大的资本,在困难年代,人们关心的不是人性的忠诚,肚子的要求是第一位的,狗日的粮食是一切一切的中心。木沙江手里有钱,有面粉,他可以帮助好多人。这些都是半个世纪以前的事了,那时候村里没有这么多人,最多也就是七十多户人家,这个美丽的村庄是他的小天堂,在每年最好的季节里,也就是在秋季的那个黄金时期里,和他最要好的三十多个朋友一起玩麦西来甫。这是维吾尔人最有意思的一种男人聚会,可怜的女人们是不能参加进来的,也是至今为止民间文化含量很高的一种聚会,这个聚会传承培养发展创新了维吾尔族人的民间文化,维吾尔族人浓厚的民族习俗和传统的礼仪都在这里了。豪放,侠义,能说会道,善于助人为乐的木沙江永远是这个麦西来甫的主心骨。麦西来甫没有不讲究的事，对每个人的坐式都有要求。主持人大叫一声坐好，男子就立马收腿蹲坐，主持人再叫一声放松，就可以坐得随便一些。有扮国王问政的游戏，有审判恶人的法庭游戏，有伦理规制的游戏，内容是很丰富的。在放松阶段，乐手们自弹自唱，仙人一样甜甜的民歌在温暖的土屋里响起，激动人心，把刚刚还是那么严肃的男人们拉回爱的情感世界里，而后他们齐声合唱，歌声像千年前的歌声那样动听、热烈、可爱、伟大，赐人不尽的回忆和联想。唱得最投入的当然是木沙江，他坐在弹希尔琴的琴手跟前，紧闭双眼，热烈地领唱，右手轻拍右膝，陶醉在伟大的祖辈音乐里。在这个最温暖的地方，在自己的后花园一样开心的地方，在宁静、花开花落的那些夜晚，享受每一个蜜一样甜蜜的好时光。

今天的木沙江已经老了，我来到这个河岸村的时候，他已同意他的儿子要把老水磨卖给我的决定了。他说，水磨的每一个角落里都有他说不尽的故事，有太多的神话。但最终艾沙江还是把水磨卖给了我，虽然今天的人们都聚集在了魔鬼一样的电磨坊周围了，但我仍认为水磨出的面粉是一流的，永远是一流的。无论每天都是雨是泪是刀是火，我仍不改我对水磨的忠诚。

现在老木沙江只能靠回忆过日子了。然而他的回忆是那样美好，在夏天开镰的时候，在孙子们的帮助下，他骑着毛驴和孙子一起来到大田小河边高高的白杨树下，在荫凉的问候下欣赏大田里美丽的景色，金黄的麦秆在烈日下骄傲地宣告耀眼的成熟，手握镰刀割麦的男男女女在烈日下再一次地唤醒老木沙江的回忆。老木沙江回到了流水一样可爱的从前，他和朋友们有许多难忘的回忆，有过青春时代的许多花前月下，有过美好的月夜，有过共同的歌声，有过共同的梦，他们在一起喝过最甜的酒，也污染过小渠小河里的净水，他们听不到那些流水的眼泪，他们在笑的时候，河水是哭着流向远方的，这个悲剧，木沙江也好，他的那些情人们也好，在半个世纪后的今天，也未能知道。他至今都要唱他青春时代喜爱的割麦情歌：割麦割到日落西山／累坏了你的小手吧我的爱人／我们的爱是那样的甜蜜伟大／你的心被滋润了吗我的爱人。爱情甜蜜也好，伟大也好，那都是他鲜花一样的时代的好事，现在他老了，太阳已经在天边了，然而他的心未老，他的眼睛未老，他的精神世界仍旧那样一片灿烂。

是时间把我带到这里的。时间是天下全体人民的共同语言，也是我挚爱的语言。我看到了活着的人们的血脉，看到了他们的希望和他们的眼泪，看到了他们躺在角落里小声歌唱的心曲，看到了在他们的精神世界里遨游的像山，像水，像草原，像旱田，像河里的圣鱼一样游动的希望。

第二章　我是你最早的童话

　　我是你最早的童话，在寸草不生的草原播种仙女，播种会歌唱的蝴蝶和会绘画的鸽子。我出生在一个叫可丽雅的童话王国里，这里是我永远的乐园，是我永远歌唱的天堂。我至今都能记忆我小时候听到的一切和看到的一切。成熟长大了的人是不真实的，他们的童心会丢在他们死死追求的长路上，现在的心不是他们自己从前的心，不是妈妈们给他们的心。现在的他们，心里有心，心外也有心，这是他们的悲剧。但是他们不知道，因而他们永远也不会像我这样幸福。他们在人群里像狗一样乱咬乱叫的时候，他们的心就会变成狗心，他们在黑夜里做了不该做的事的时候，他们的心就变成了猫的心，猫一生最喜欢的是假笑，在黑夜里做够一切坏事，可怜地叫一声装得什么也不知道。这样的人也快乐，但那是没有盐味的生活，是没有栖息地的生活。

　　我是幸运的，在这个长长的人世，安拉把我的命运安排在了没有悲伤和泪水的童话王国里，这里是不争的天国，这里没有伤人的语言，没有欲望，有的是我永生永世也享受不完的荣华富贵，不是千人一面的故事，而是光明、美好、理想，没有尽头的生活。我感谢安拉给我安排了这样的好命运，我的好朋友石榴也要感谢安拉对它的厚爱，感谢给它的这个机会。在人类的早晨，我的石榴朋友到安拉的乐园去申请颜色，安拉手下的圣人准备给它赐黑色，说石榴应该是黑色的。它哭了，哭得死去活来，但圣人没有理会它，说如果万物都这样不服安排，随欲引领灵神，天下的事怎么办呢？那时我的石榴朋友在主那里大哭了整整一年，水神同情它，就把它的哭声敬献到安拉那里去了，安拉看了它的泪水，干净、纯洁、发自内心。安拉就同意了它的要求，把最亮丽的红色赐给了它。它心花怒放，把我的童话王国变成了鲜红的海洋。我看到了满足的力量，那样热血风流，那样万事万物都在自己的爱心下。于是我心爱的石榴就成了红色的水果了，圆圆的，可爱的，它最初开花的时候也是红的，最后成熟的时候也是红的，里里外外都是红的，它在这里的路上给我带来了太多的故事，我永远也讲不完，它们是我永远生机盎然的基础。它给我带回了风的故事，说风在最早的时候是魔鬼的朋友，所以它总是在所在的季节里东南西北地乱飞，特别是配合冬天给善良的人们带来麻烦。说春天是所有女人们的心，春花是她们的果实，春雨是她们的泪水，她们哭人间的苦难。我的朋友石榴说，在返回的路上，在夜宿的女人客店里，它听到了这样一个故事。它说，那天，在那个女店里，见到了一个告密的玉石，玉石在窗台前闪着迷人的光芒，舞着窗外的鲜花，秘诉在店里住宿的女人们和野风、野草和月亮、星星偷情的事，谈得那样细，竟能说出她们睡衣的颜色。人间的事是多么乱啊，后来我成长以后，曾向往过人间的生活，现在看来，还是应该感谢安拉的安排，命里注定的东西不要，可能会出大乱子。如果我的石榴朋友不告诉我这一切，如果它没有这次旅行，我永远不会读懂人间，永远也不会懂得那样好的世界会有使人不愉快的事。

我是你最早的童话。我是你周游世界的王子，我是骄傲的王子，我曾经是天国的旗手，但那是一条没有颜色的旗，没有象征的旗。这是我的骄傲，是我自信的基础，从而我的生活没有风，没有雨，没有苦难。我站立着的那个地方，就是中心。我心的，情绪的，精神的，灵魂的中心，是世界的中心。从而我永远这样风光灿烂。我是你会绘画的蝴蝶，在万紫千红的夏日，我飞过大田，飞过户外，飞过海洋，飞进你温暖的心灵世界，给你绘制最新最美的图画，给你绘制千年前会说话的蝴蝶，绘制她们神话世界里的爱神和小天使，绘制你想看到而看不到的一切，在我的童话王国里，这是我的责任，是我的意义，我的骄傲，我没有什么期望，有的只是享受。

我出生在一个叫可丽雅的童话王国里，这里是我永远的天国，也是世界最早的人间。那时候大地上没有魔鬼的风，没有下凡的仙女，没有鸽子，只有人和大地，空气、水。后来来了许多人，大地上什么都有了，我就走了，安拉把我从童话王国里召回去了。任何一种离开和伟大都是可怜的，靠不住的，不是永恒的，时间到了，一切闪光的东西都会自动地消失，或是自然地消亡，不然安拉不会把他拉回去。这个真理统治了人们千年，那时候人间和天国里都没有做饭烧水的锅，但人们的心里有不灭的火种，也因而他们永远停留在了人间。

后来我来过一次人间，我是变成风来的，所以你没有看见我，这不是我的骄傲，是我没有办法的办法，我千万不能让人间的人看到我。喔！一切都是新人，一切都是全新的存在！千年前是没有树的，现在有了，千年前没有电，现在有了，有了电话，有了手机，有了一切，这是我当年没有想到的事。于是我回去了，我不愿永远是风，于是我回去了，我还是给你讲我的故事吧。第一个故事是南瓜的故事。第二个故事是一个老太太的故事。我现在给你讲第一个故事。在很久很久以前，在一个美丽安静的小村庄，有一个大南瓜，这个南瓜成熟后，在主人的家里整整待了一年。它本来想，主人秋天忙完后，会把自己吃掉的，但是没有，女主人在第二个秋天的时候，在一个可爱的周末打完馕，在太阳落山的时候，把它放进馕坑里的火堆里，准备给儿女们做一次夜饭。这时候，所有的星星都出来了，女主人看到星星们的召唤，于是叫来四个儿女，让他们坐在馕坑边，听她讲故事。南瓜在热烈的火堆里全神贯注地听着女主人的故事。女主人给孩子们说，从前有一个老爷爷，老爷爷老得走不动的时候，他的儿女们都不要他，说他没用了，不能干活了，也不能看房子，不能做饭，自己的事自己干不了，就不要他了。儿女们在一个可怕的黑夜，把老人带到一座桥上，把他推进了河里，河水把老人冲到了很远的地方，那是一片宁静的森林公园，狗、山羊、狮子、马、牛、猫到河边喝水的时候，发现了老人，于是它们把老人背回了公园里，那些动物精心关照老人，老人慢慢地恢复过来了，羊群里的领头山羊用自己的圣奶让老人返老还童了，老人新的生命开始了，但他不告诉那些动物自己的情况，说是他自己不慎落水的，说他也不知道自己曾是谁家的老人，不知道自己的儿女们叫什么名字了，说不回去了，你们是我的救命恩人，我要永远和你们在一起。于是动物事人，老人变成了它们的王，新的生活又开始了。在一个美好的夜晚，老人想儿女了，他给四个儿女们赶着二百只羊、二百匹马来到家里的时候，儿女们在深夜的黑暗里都入睡了。老人把羊和马圈进院子里，又回到了森林公园里。他在心中祝福儿女们说，你们是不孝顺，作为父亲，我原谅你们，因为你们永远是弱小的。南瓜在热馕坑里听到这里，激动万分，它再一次地认识到了父亲的伟大，它流泪了，它流泪的时候，它也熟了，女主人闻到了南瓜熟的时候特有的香味，于是从馕坑里取了它回到房子里给孩子们吃了。从第二天开始，孩子们就会做梦了，原来这个南瓜是最早的梦的种子，从此人们都会做梦了，现在会做梦的人，都是那四个最早尝了那个梦南瓜的孩子们的后裔的后裔的后裔。

现在我给你讲老太太的故事。老太太的故事也是我一生讲不完的故事，老太太有六十六个孙子，每周她都要给他们讲一个故事。第一个故事是天堂的故事，老太太的声音是神奇的，她的幸福的孙子们好奇地看着她。她说，在人间做好事的人死了以后都要进天堂，在活着的时候做好事，做好人，积德行善，以后就可以进天堂。在天堂的入口处，有许多仙女每天都在那里跳舞唱歌，谁是好人谁是恶人，仙女们一看就知道，她们就会把那些好人领走，在一个美丽的地方给他们净身，然后把他们带进天堂。而地狱里的魔鬼就会把那些恶人带走，把他们丢进黑暗的地狱，让他们永不得翻身。老太太第二周讲的故事叫为什么猫是人类的朋友。当讲到小动物的时候，孩子们都是那样有兴趣，在他们干净的眼里闪亮人类最早的纯洁和信任。老太太开始讲她的故事。她说，在很早很早以前，猫不是像现在这样的一个小动物，那时，它是野生动物中个头最大的一个。老虎、狮子、豹子、狐狸都是它的孩子。那时这些动物的脾性是残忍的，它们经常不听猫妈妈的话，还欺负它。猫妈妈最后在没有活路的情况下离开孩子们，它走了很长很长的路，最后来到了人类居住的一个村庄，这时的猫，累得变成了现在的这种样子了，人们没有驱赶它，可怜的猫在人们面前摇着尾巴高兴起来了，于是有一人把它领走了。这人家里有太多的老鼠，猫进门就抓了几个，于是主人开始善待它，从此猫成了人类的朋友。第三周讲的是公主的故事，老太太说，从前，一个城市里有三个可怜的穷孩子，它们每天都是靠卖柴为生，如果一天不去卖柴，就得不到吃的东西。有一天，这三个孩子分头到三个方向砍柴去了，其中一个孩子找到了一个巨大的树墩，他费了好大的力气把树墩挖出来了，一看，树墩下是一个大洞，他走近洞口细看了一眼，里面全是些金银财宝，于是他回城叫来了另两个卖柴的朋友。他们开始商量怎样取它，就把他们平时捆柴火用的绳子都接了起来，但是在谁下去取宝的问题上，三人意见不统一，后来的那两个孩子是亲兄弟，他们说，万事都有自己的规律，应该让发现宝物的人下去取宝。而发现宝物的孩子却坚持要他们亲兄弟中的一个人下去拿，但是那二位兄弟说，我们也不下，财宝我们也不要了。在没有办法的情况下，卖柴的孩子下去了。果然，洞里全是闪闪发亮的金银财宝，还有一个陶罐，于是他把那些财宝放进罐子里，让上面的两个朋友拉了上去，他一共给他们装了五次，最后一次他向上喊了一句，说，没有东西了，都装完了。这时，两位亲兄弟变心了，说，如果把那个孩子拉上来，他就要和我们分这些财宝，还不如把他丢在洞里为好。结果这个可怜的孩子在洞里哭得死去活来，最后一点办法也没有，他绝望的时候，看到了洞左侧的一条小路，有一点亮光，在没有办法的情况下，他走进了这条小路。走了一段后，光亮也没有了，全是一片黑暗，他壮着胆子继续往前走，又来到了一个有光的地方，那里是一扇门，门外是光亮的世界。于是孩子在心中祈求安拉保佑他，就打开门走了进去，他探头一看，眼前是一个美丽的果园，满园的果香、满园的鸟语花香，孩子高兴地说，老辈人都讲，人死后是要进天堂的，看来我是活着就进到天堂里了。这样的惊喜中，他又看到了果园深处有一片鲜花盛开的绿地，他刚走了几步，成群的蛇出现在了他的眼前，挡住了他的去路。孩子吓怕了，正在想着怎么脱身的时候，在他的前面出现了一个美丽的凉亭，亭里有一条一人那么长的蛇在那里矗立着，孩子更加害怕了，说，看来我今天是遇到蛇王了,它会活活地把我吃掉的。这时,他四周一看,围在他四周的蛇一个也不见了,孩子又吃了一惊,他又看了一眼前面的凉亭,那条蛇也不见了,出现在他眼前的是一个美丽的姑娘,孩子担心是不是看错了,他定了定神,仔细地看了一眼那个佳人,的确是一个可爱的丽人,孩子好奇地走了几步,那位漂亮的千年佳人要他上去,孩子说那么高的凉亭,怎么上?姑娘说,你到凉亭的后面去,那里有梯子。孩子上到了凉亭里。原来这个姑娘是公主玛拉丽,从出生到至今,没有见过任何人。公主问他说,小伙子,你是什么人?你怎么会到这里来呢?这可怜的卖柴的孩子就把自己的事一一地讲给了公主。公主说,那么你就留在这里吧!孩子说,我不能留在这里,我有一个年迈的母亲,我每天卖柴养我的母亲,母亲一定在惦记着我,不知我的死活,最好是你能让我从这里快一点出去。玛拉丽公主说,你最好不要离开这里,我们把你的母亲接来,如果你离开了这里,后果是不堪设想的。小伙子坚持要走,于是公主问他,你听说过天王和别力克雅的故事吗?小伙子说,没听过,公主说,那我就给你讲讲这个故事,你听着,听完后你就会做出决定的。于是公主开始给他讲这个故事。公主说,从前,一个城里有一个国王,他只有一个儿子,名叫天王,国王从各方面都把儿子培养成了一个理想的王子,在天王17岁的时候,他梦见并看上了一个女孩子,于是他一天比一天忧虑,不思茶饭。于是国王和王后决定给他娶女人,他们把自己的这个决定通过儿子的两个朋友告诉了他。天王王子向两个朋友说,请你们告诉我父亲,我现在不结婚,请他们不要为我担心,我只有一个愿望,那就是周游世界,如果我不能实现这个心愿,是不会结婚的。天王的两个朋友把他的这个心愿讲给了国王和王后,国王说,先结婚,后周游世界。儿子不同意父亲的决定,国王为了让唯一的儿子高兴,从国库里拿出许多金银,让儿子和他的那两个朋友出发了。天王走出自己的城市沿路去了所有的城市,他整整旅行了六个月。他每去一个城市,什么事都不干,一心一意地找心中的那个姑娘,也是他梦见过的那个美人,但是都没有找到。时间一天天地过去了,他们带出来的钱财都快用完了。一天,天王王子向两个朋友说,我们三人这样走,我们的钱几天就会用完的,你们带上一部分钱先回家,我过几天就回去。于是他给父亲和母亲写了一封信,交给了两个朋友,送他们出发了。朋友们走后,天王王子又上路了,他走过了高山草原,走过了繁华的城市,但都没有找到那个梦见过的美丽的姑娘,最后他来到另一个城市的时候,手里一文钱也没有了。他说,该怎么办呢?这个城市里没有人知道我是一个王子,我只能干活挣钱了,我一定要实现我的心愿,于是他来到了劳工市场。他转悠着找活的时候,有人走了过来,说,如果有人愿意给我干活儿,我一天给他一个金币。平时,一个人干一个月的活儿,才能得到一个金币。但是,没人动心,因为他们担心这人会让他们干很重的活。天王王子想,这人会让我干什么呢?反正不会要我的命吧,管他呢,只要是活我就干,一个金币够我一个月的费用。于是他向那人说,我干。那人把他带到了家里，说，孩子，这就是我的家，我们在傍晚的时候开始干活，你先吃饭，再睡觉休息一下。那人给他做了一顿好饭。天王王子想，怎么回事？这人怎么这么怪呢？于是饭也没有吃，也没睡，就坐在那里等了。干活的时间到了，财主走进来说，孩子，休息好了吗？天王王子说休息好了，于是财主把他带到院子里，说，这个驴圈里有个大骡子，你把它牵出来。天王进驴圈一看，果然有一个很大的骡子，天王牵出了骡子，财主让他跟在自己后面。他们来到了城外的一个高山下，财主要天王把骡皮囫囵剥下。天王照办了。财主向天王说，孩子，你现在进到骡皮里去，我会把口捆住，你看到天上飞来飞去的那些大鸟吗？它们为了吃这骡子，会把你叨到高山上去的，当它们啄烂骡皮的时候，你走出来，它们就会吓跑的，山上有许多珍贵的珠宝和天玉，你用袋子装好，用这个绳子给我放下来。这座山是没有路的，所以人无法上去，但是上去了，下来就容易了，你不要怕，照我说的去做。于是他把天王放进骡子皮里，捆好口，自己躲在了一边。果然，不一会儿，飞来许多大鸟，把骡皮叨到了山顶上，它们一起开始啄骡皮。当天王王子从里面爬出来的时候，大鸟都吓飞了。天王王子照着财主的要求，开始把山上的珠宝和天玉往下放。当他干完活的时候，天开始黑了，他看着山下，喊，财宝都放完了，我要下山了。财主说，那好，你自己找一条路下来吧。于是财主拿着珠宝和天玉回家了。这时候的天王，才明白财主那么大方地给他一个金币的原因了。他全身都是冷汗，他抬头看了一下四周，原来这座山没有尽头，山连着山，一望无际。山的两侧是刀子一样的山峰，人是无法走下去的。山上只有两条路，一条通向太阳升起的地方，一条通向太阳落山的方向。天王王子虔诚地说了一声安拉保佑，就朝着太阳升起的方向出发了。肚子饿了，就吃山果，找不到山果就吃草根，这样他走了四个月以后，身体吃不住了，于是他开始爬行，他的衣服都烂了，几乎是赤条条的了，双手是血，就连挖草根的力气都没有了，于是他像羊一样用嘴吃那些草。这样，又走了五个月，最后来到了一个平阔的地方，这里没有任何东西，天王没有灰心，又继续赶路。从前他走一天的路，现在要走一个月了，他又走了三个月，最后走进了一条马帮们走的专路，他仔细地察看了行路，没有发现任何人马走过的迹象，于是天王王子开始继续向前走。几天后，远远地看到了一个高坡，坡上有一个旧墙似的东西，他走了五天后才来到了这个坡上，他走上去看了一眼四周，他看见墙的那边在冒烟，心想，在这个无人烟的荒原，怎么会有烟呢？弄不好，这里恐怕是魔鬼的天下了。他走了过去，看到了一扇破烂不堪的门，于是推开门问了一声平安。只见一个老头在就要倒塌的烂墙角下坐着，老头同样也回了他一声平安。天王听到他这句话后，四肢顿时有了力量。他问老人，老爷，您是人呢还是鬼？老人回答说，安拉保佑，我是人。老人看到天王满身是伤，全身赤条，于是把自己的旧衣服给了他，还让他吃饱了肚子。说，孩子，你从哪里来，要到哪里去？天王把自己的一切都告诉了老人。他说，老爷，你怎么会在这个无人烟的荒原里呢？老人说，我在护卫苏来曼圣人遗留下的古宅。天王王子说，老爷，下一步我该怎么办呢？老人回答说，你最好留在这里，等到你的伤好了再说。你走的这条路是马帮路，马帮每年要路过这里一次，只要你继续走这条路，一年里你就会找到有人烟的地方。你也可以留在这里，等你好后，我把你交给那些商人，你就可以回到你自己的国家。这样，天王王子就留在了老人的身边。过了好长时间，天王恢复了元气。一天，老人向他说，孩子，你在这里等我一下，我出去三天后就回来。天王王子说，这里无人烟，你要去哪里呢？老人说，我要到植物世界里走一趟。如果你一个人感到憋闷，从这扇门进去，会看到大堂，那里有一扇门，你从那扇门走进去，里面有四十一间房屋，四十间屋里存有苏来曼圣人的宝物，你可以欣赏那些价值连城的珍宝，但是不要进那个第四十一间屋。老人把钥匙交给了天王王子，自己就上路了。天王那天起就打开屋门，开始欣赏那些珍宝了。他看到每个房间里的珍宝，吃惊万分。这些都是苏来曼生前用金银打造的器皿，于是在心里默默地说，我以前总认为父亲是天下最富的人，原来爸爸拥有的财富比不上这老人一间屋子里的财宝。那天，天王一连看了十五间房子的宝物，第二天他又参观了十五间房子，这些屋里所有东西全是珍宝，第三天，看完了所剩十间屋子里的一切东西。最后，心想，那第四十一间屋里的东西会是什么呢？还是进去看一下吧。于是他打开门走了进去。那是一个美丽的果园，天王王子吃惊地在果园里游走。果园里鸟语花香，果园中央是晶亮怡人的湖，湖中有三位美女在洗澡，天王王子仔细地看了一眼,其中一位美女是他在梦中爱上的那一个,顿时,天王激动得晕了过去,美女们不知道这个情况,洗完澡,穿好衣服都走了。原来这些美女都是下凡的仙女,每年这个时候下凡洗一次澡。那天晚上,老人办完事回来了,但是天王不见了,老人一间间屋地找,看见他不让天王进的第四十一间屋的门也开着,老人走进果园,找到了在花园里晕倒的天王,在他的脸上洒了一些凉水弄醒他,说,我既然给你讲过,你为什么还要进这间屋子呢?天王抬不起头,只说了一句,请老爷原谅。老人准备带天王出去,但是天王说什么也不走,老人问他这是为什么,天王说,老爷,我今天在这个湖里看到了我在梦里爱上的那位美女了,我一定要娶这个美女。老人说,孩子,那些美人都是仙女,如果她们知道你进过这个果园,她们就不会到这里来了,谁也不知道她们在上天的什么地方,再说她们每年只来一次,洗了澡就走。如果她们今天看见了你,她们是不会再来的。但天王还是不走,老人生气了,说了许多伤心的话,但天王还是不肯走。最后老人向他说,那好,你就留在这个果园里吧,如果这一次那些天女们没有发现你,那么明年的这个时候她们会到这里来的,她们来的时候都会变成蓝鸽子飞舞着来,下凡的时候都脱掉鸽子衣服,到湖中心洗澡,你在梦里见到过的那个仙女是她们姐妹们当中最小的,你要注意她放鸽子衣服的地方。当她们在湖里嬉水的时候,你去把她的衣服拿回来,放在你的前胸蹲下,她们飞不回去的时候会来找你,无论她们问你什么都不要说话。于是老人走出了果园。天王躺在百花丛中,看着灿烂的天,想他的心事。而老人可怜他,天天给他送饭。天王仍这样在花丛里躺着,吃着老人送来的饭,盼星星盼月亮,期盼着一年的时间快点过去。整整一年以后,有一天天王突然觉得全身不舒服,心不停地跳。他搞不清楚这是怎么回事,仍旧躺在鲜花中央望着灿烂的天,想自己的心事。这下,他看到了三只鸽子飞舞着,在爱的天空中出现了。天王激动了,一句话也说不出来。他仔细一看,三只鸽子落下来变成了三个仙女,她们三人把衣服放在了洞的三个地方。天王全身心地注意着小仙女的一举一动,当她们在湖里开始游玩的时候,他爬过去把小仙女的衣服拿回来,放在前胸,藏在了花草丛中。仙女们准备回家的时候,他们找不到小仙女的衣服了,仙女们四处寻找的时候,她们发现一个凡人抱着小仙女的衣服在睡觉,仙女们准备过去把衣服夺回来,天王王子一句话也不说,仍在花丛里躺着,仙女们开始打他,可他还是不说一句话,最后仙女们说,你到底要干什么?天王仍趴在地上说,请你们把这个果园的那个老人请来。仙女们把老人请来了,老人从天王手里接过小仙女的衣服,请他站起来,天王站起来了,老人说,这个小伙子不是我们这里的人,他是另一个王国里的天王王子,几年前,这个可怜的小伙子在梦里梦见了你们的小仙女,为了得到她的爱,他受尽了苦难,是人子不能承受的苦难,是人从未见过的苦难,是人闻所未闻的苦难,去年这个时候来到了这个地方,看到你们在洗澡,就晕过去了。你们也看到了,他在这里等了你们一年,最后抱着你的衣服躺在了这个地方,现在,你们把小仙女嫁给这个小伙子吧。仙女们说,我们不能这样做,我们也有父母,未征得父母的同意,就丢下小仙女,我们怎样向父母亲交代呢?还不如这位王子到我们的城里去,我们依据我们的礼仪把小仙女嫁给他。但是,无论天王还是老人,都不同意这样做。老人说,你们都听说了这个勇敢的小伙子的故事,他什么时候才能找到你们的城市呢?还不如你们把小仙女留下,如果不这样,我们是不会把衣服交出去的。这时,天黑了,仙女们必须回家,于是把小仙女留给了天王王子。两位仙女飞回自己的城市里的时候,她们的父母看到只回来了两个女儿,她们的父亲问她们,你们的妹妹在什么地方?仙女们哭了,他们向父母讲述了天王王子所经历的一切,讲述了在那个果园和她们妹妹的一切故事,最后又讲了她们在没有办法的情况下留下妹妹回家的经过。仙女们的父亲是众仙女的王,是一个宽宏大量的人,他说,这是命,只要小仙女平安无事,总有一天她会回家来看我们的。愿她今后的日子幸福安宁。天王王子得到了自己的梦见的女孩以后,是那样地高兴,老人当天就给他们念了尼卡仪式,成全了他们。天王王子高兴地向老人表示了他最真诚的谢意,他在老人的身边又住了一个月。临走的时候,他请求老人祝福他的未来。老人说,现在你可以放心地回家了,但是不急,要休整一下,我要给你讲许多故事,都是千年来留下的好故事,你以前走了几年的路,现在,在你爱妻的帮助下,几天就能走完。天王王子又和老人生活了一个月,决定回家的时候,老人说,孩子,你现在可以回家了,你的妻子会变成蓝鸽子,你骑在上面，会不费力就回到你的家，但是，回到家，忘记你妻子的父母是不行的，最少，你每年要带妻子回一趟她的家，看望老人。于是他们告别老人，上路了。仙女变成了蓝鸽子，天王王子骑在了她的上面，他们向着天王王子故乡的方向飞去了。

话分两头，现在我们要讲和天王一起出发，后来回去的那两个朋友的故事了。那两个朋友离开天王王子后，走了六个月才回到了自己的家乡，并向国王讲述了王子的情况，把王子的信交给了国王。国王看过信后，为唯一的儿子所受的苦难流下了眼泪，在国王整日不问国事为儿子悲伤的那些日子里，另一国的军队入侵他的领地，占领了他的一部分土地。国王没有办法，仍在家里为儿子的命运哭泣。就在这时，天王王子回到了自己的国家，他向妻子说，我离开这个国家的时候是徒步上路的，现如今我们飞着进城不太好，我们落到城外，走进去。他妻子同意了他的要求，他们落在了一座山上，小仙女脱下鸽子衣服，包好，一起向着城市的方向走去了。他们快进城的时候，看到了一个老人，老人认出了天王王子，向他问过好后，决定给国王报喜领赏。于是向着城市的中心跑去了。他一边跑一边喊，天王王子回来了！天王王子回来了！他来到王宫里的时候，已经绝望的国王听到这个特大喜讯后，跳着站了起来，说，你说的是实话吗？老人说，我能向国王说假话吗？国王令手下向老人赏一盘金币，自己冲出了王宫。听到这个好消息的市民们，男女老少七岁到七十岁的一切人都冲向了城外，他们果然看到天王王子和一位绝代美女一起向他们走来。国王见到儿子后差一点晕过去，市民们把天王王子和小仙女抬进了王宫，天王王子看到父母后，把自己吃的苦忘得一干二净了。天王王子休息了一个月后，大臣们向他诉说了部分国土被侵略者占领了的事。天王很是伤心，因为这一切都是因为他的离开，父亲在悲伤中未能保住国土。为了国家的每一寸土地，他请求父亲同意他带军队出征，国王和大臣们议过后，同意了王子的请求。王子做好一切准备后，向妻子说，我要出发了，我要夺回入侵者占领的国土，最长六个月以后回来，请你好生照看我的母亲。仙女说，不是六个月，我等你一年，如果你还不回来，那么我就回我自己的城市里去。王子说他一定会在六个月的时候回来，就带着军队出发了。王子带着军队和敌人开战了，敌人的力量也很强大，仗打了一年多，王子最后从敌人的手中夺回了失去的国土，选定好管理这片国土的大臣后，回到了王宫。

现在我给你讲留在家里的小仙女的故事。小仙女在家里等了一年，王子一点消息也没有，一个月、两个月、三个月都过去了，最后小仙女决定回家了，她穿好鸽子衣服，来到公婆跟前说，爸爸，妈妈，我没有失言，我等了王子一年，但是我没有得到他的任何消息，所以我来向你们告别，我要回我自己的故乡去，再见。说着，小仙女从窗口飞了出去。天王的父母叫了一声，天哪，这是怎么回事！一方面是儿子音讯全无，另一方面是媳妇离他们而去。他们又陷入了伤痛之中。小仙女当天就飞到了自己的国家，父母见到女儿很高兴，但看到只有女儿一人，就问她这是为什么，小仙女就把情况给父母讲了一遍，父亲说，你这样做是不对的，孩子，他是凡人，你是仙女，最好你应该等他回来，他去的那个地方对你对我们只是几天的路，而对凡人是几年的路，如果他平安回来，又出门找你，那他要吃多少苦啊！算了，已经回来了，回来了就回来吧。于是国王向手下的人命令说，无论是谁，如果我的臣民遇见从外地来的凡人，不能伤害他一根毫毛，都要带来见我，我将重赏，并给他完全的自由。命令一出，全国上下都开始寻找从五湖四海逃难来的凡人。

现在讲王子的故事。王子打完仗，一年半后回到了家里。得知妻子早已回娘家了。他忘记了世上的一切，他在一间屋子里把前胸放在潮湿的地上，白天黑夜地躺在了那里。一躺就是两个月。有一天，他向自己说，奇怪呀，我怎么能总是躺在这里不动呢？吃苦有什么了不起的呢？还是应该去找那个老人，他一定会告诉我妻子在什么地方。是啊，我应该上路，王子向父亲讲了自己的想法，说，爸爸，我要去找妻子，请为我祝福吧！爸爸说，孩子，为了找那个仙女，你吃尽了苦头，如果你这次又要走，我看你很难活着回来，所以你不要去，我们这个城市里也有许多许多鲜花似的丽人，你看上谁我就给你娶谁。王子不干，国王没有办法，同意儿子出门寻妻子。天王出发了，前一次走了一年的路这一次走了八个月，八个月就来到了他前次做劳工的那个城市，于是在褡裢的一面装好食品，一面装好水，来到了那个劳工市场。他定神一看，那个用一个金币骗他上当的财主还在那里大声叫喊,说,谁为我干一天的活,我给他一个金币。王子高兴了,说,我干。他说着来到了财主的面前,财主没有认出他,把他带回了家,让他先吃饭休息。这次天王大吃了一顿,安下心来睡了一觉。时间到了,财主叫醒了他,让他牵了一头骡子,向着太阳升起的方向出发了。到了山脚下,财主让王子宰了骡子,囫囵地剥了皮,交代过上山后要干的事,把他放进了骡皮里。王子带着褡裢走进了骡皮,财主说,褡裢我给你存着,骡皮太重,大鸟会啄不上去。王子不干,带着褡裢上去了。为了不失男子汉的风度,他给财主丢了一些珠宝天玉,就朝着从前的路出发了。日子一天天地过去了,王子带的东西都吃完了,水也没有了,他还是像几年前那样挖草根吃,继续赶路。走不动的时候就爬行,于是千难万苦,终于来到了那个老人居住的地方。老人让他住下了。休整了一段时间后,向老人讲了自己这次找他的原因,并询问妻子的家在何处。老人说,我知道仙女们会到这里来,但是不知道她们的家乡在什么地方。王子不信,求老人,老人心疼他说,孩子,我和我的动物朋友们去商量一下,也许它们知道一些情况。老人出发了,老人三天后回来了,伤心地说,我都一一问过了,没有谁知道她们的家乡。王子又一次地陷入了悲痛之中。老人可怜他,说,孩子,你从这里出发,走一个月,前面是一个很大的峡谷,峡谷进口有一个人,这个人是我爷爷的爷爷的爷爷,他和我一样,也在那里护卫着苏来曼圣人的宝物,他保存的宝物要比我的宝物多几倍,年岁也比我大得多,可能他知道一些情况,你去找他问问。于是他给老人写了一封信,王子带着信,向老人指给的方向走去了。他克服重重困难,来到了那个峡谷,在一个洞里找到了那个老人。他看见老人的胡须长到了膝盖。王子见过老人,把自己的来意告知了老人,之后,把那封信交给了他。老人看完信后,长长地叹了一口气,说,我的孩子,我长这么大,没有听说过那些仙女的王国,我无法帮助你。天王悲伤地说,老人家,连我这样一个普通的人都见过仙女,还娶过她,我怎么能信你连她们的王国都没听说过呢?老人说,那好吧,我手下有一些见多识广的寿星,我去问问他们吧。于是老人出门找那些能人去了。老人找了几天,但没有人知道那些仙女的王国。老人回来向王子说明了情况,王子又沉浸在了悲痛的苦海里。老人可怜他,说,孩子,你向前走,前面有个山洞,洞里有一个老人,他是我爷爷的爷爷的爷爷的爷爷,我给你写封信,你去找他,也许他能帮助你。老人给他写了一封信,准备了路上用的干粮,送王子上路了。王子夜以继日地赶路,最后来到了那座山上。他见过老人后,把那封信交给了他,老人读完信后说,我的孩子,我长这么大,还没有听说过有这种事情,你吃了这么多的苦,我去问一下我手下的万鸟万物,也许它们知道点什么。于是他留下王子,自己出门了。老人走进了深山,召集万物万鸟,一一询问了仙女们的王国,但是它们什么也没有说。老人又问它们几次,最后,一个没了几根毛的老鸟说,有一年,我在一座山上见到过仙女们,听说那里就是她们的家园。老人生气了,说,那你刚才为什么不说话!老鸟说,我想,可能会有比我知道得还要多的老鸟,所以没有说话。老人带着那只老鸟来到洞里,向王子讲了刚才的情况。王子高兴了,他向老人表示了他真诚的谢意。老人向那老鸟说,你让这个小伙子骑在你的身上,把他送到你见过的那些仙女的国界,再回来,于是天王骑着鸟出发了。

老鸟带着王子飞了几天,最后落在了一座高山上。他说,我们到了,小伙子。这座山向阳的地方,就是仙女们的王国,我就把你送到这里吧。老鸟告别王子,回到了自己的领地。王子向着仙女们的王国的方向出发了,他走了两天一夜,累了,就坐在一棵橡树下睡着了。这时,根据仙女王国国王的命令,在找凡人的一勇士,看见了酣睡着的王子,心想这可能就是国王讲的那个凡人,于是怕伤着他,小心地把他背了起来,就匆匆地上路了。走了很长的路,天王还是没有醒,很长时间后,他发觉有人在背着他走,他睁眼一看,果然是一勇士在背着他。王子怕了,心想,我吃了那么多苦,最后怎么落到了这个勇猛的人的手里呢,这时,他在勇士的背上,看到了在远处的一座城市,心想,是福是祸,走着看吧。勇士又背着他走了很长时间,最后来到了城里,停在了一座酒店的房屋前,他把王子放了下来,这时,王子摸不着头脑了,他看了一眼四周,只见从一屋里走出两个美人,到另一间屋子里去了,王子认出了她们,她们是自己妻子的那两个姐姐,于是他跑着叫了起来,她们也认出了王子,于是高兴地把他领到了父母面前,国王和王后拥抱了他,这时,仙女们把小仙女叫来了,天王见到妻子,高兴得死去活来，他们终于见面了。仙女们在一间美丽的屋子里款待了王子几日后，把他领到了国王的前面，国王问他，孩子，你是怎样找到我们这个国家的呢？王子从第一次在梦里梦见小仙女到现在的一切，一一讲给了国王。国王听完后，很是佩服他的坚忍和勇敢，说，孩子，你为了我的小仙女，忍受了眼不曾见到过，耳未曾听到过的苦难，小仙女不等你从战场上回来就回家，给你带来了太多的麻烦，这都是我的错，请原谅我们。王子说，没有关系啊，父王，我们不是很愉快地见面了吗？国王高兴了，为他们举办了四十天四十一夜的婚礼，这样，王子在仙女们的家愉快地生活了一个月。有一天，王子向妻子说，我出门有两年多的时间了，我父母每天都在盼着我回家，你最好能给父王和母后讲一下，我们回一趟家，明年的这个时候再回来。小仙女把这些话讲给了父王，国王叫来王子，说，你说得对，孩子，你们回去看你们的父母吧，也请你们每年回来一次看我们。国王给他们备了礼品，送他们上路了。王子坐在蓝鸽子上，也就是他的妻子上出发了。

　　这边，王子的父母每天都生活在无尽的期盼中。王子走的时候，说几个月就回来，但是王子三年也没有回一趟家。他们天天哭，最后双眼什么也看不见了，他们不思茶饭，不问国事，这样，那些大臣们想干什么就干什么，欺辱百姓。百姓们说，听说天王王子在一个不知名的地方升天了，现在没有人继承王位了，我们今后的出路在何方啊！在人民受难的时候，王子突然出现在了城市里。人们高兴地来到国王面前报喜，国王虽然高兴，但不能出去迎接儿子。王子走进王宫后，看到父母已双目失明，他痛心地哭了，这时，仙女从旅行袋里摸出两只苹果，放在了他们的手里。二老咬了一口苹果，顿时眼睛看到了光明，他们紧紧地拥抱了儿子和儿媳，一年后，仙女怀孕了，快生育的时候，小仙女向王子说，我们回来有一年时间了，我想回家生孩子。王子与父王和母后商量之后，决定带妻子回娘家了。仙女穿上了她的鸽子衣服，王子坐在了她的上面，他们向着仙女王国的方向出发了。夏日炎炎，他们克服困难，越过高山森林，许多荒原，二人都渴了，小仙女低头看了一下大地，峡谷里有一泉清亮的水在畅流，天王口都干了，水，水，水地叫了几声，仙女也早就受不了了，于是落在了地上。小仙女喝了一口水就没气了，天王哭得死去活来。他背着妻子的尸体走了一段路，看见了一个洞穴，他走进洞里一看，有一美女在睡觉，洞墙有一行文字，他读了起来，原来这是千年前，在情爱的长路上路过此地，喝了那个泉水死在这里的别力克雅。天王把小仙女的尸体放在了别力克雅的尸体跟前，出去双手捧了一捧水回来，躺在两个美女中间，喝了一口就长眠在那里了。这就是天王和别力克雅的故事。在你的面前，会有这么大的困难吗？

说着，玛拉丽结束了自己给卖柴的小伙子讲的故事。卖柴的小伙子说，有，你必须把我放出去。玛拉丽说，如果你非要走出去，我会让你走的，但是你会遇到很大的危险。卖柴的小伙子坚持要走，玛拉丽说，那好，我有一个条件。卖柴的小伙子说，只要让我出去，不要说一个条件，一千个条件也可以。玛拉丽说，你出去后，不准在有人的地方脱衣服，洗澡的时候也要找没有人的地方，一句话，不能让任何人看见你的身子。卖柴的小伙子答应了，于是玛拉丽把小伙子从一个小洞里送出去了。小伙子上到地面上后，来到他挖树根的那个地方，他捡的那些柴火都在那个地方。他背起柴向着城里的方向去了。快走进城里的时候，看见了和自己一起卖柴的那两位兄弟的一个，他变成了一个小财主。他们见过面以后，财主把穷朋友带到城里美美地吃了一顿，而且给他买了几套好衣服，说，朋友，我们到澡堂里去洗一次澡吧，洗好后再换上这些衣服。于是他们来到了一家澡堂。

话说卖柴的这个城里有一个国王，一天，国王生病了，他们请了各国的名医，但都没有治好他的病。他们在没有办法的情况下，找了巫师，巫师说，喝公主玛拉丽的肉做的汤，能治好国王的病。国王手下的人问，怎样才能找到公主玛拉丽呢？巫师说，很难，见过她的人背上都会留下盘子那样大的痣，只要我们能找到这样的人，那个人会给我们找到公主玛拉丽的。国王手下的人说，怎样才能找到这个人呢？或者是让全城的人都脱光衣服——接受检查？巫师说，没有必要，我们在全城的澡堂里安排探子，就可以找到这个人。国王手下的人把这个话带给了国王，国王准他们这样做了。在所有的澡堂里，都布满了探子。这天，这两个卖柴的小伙子，到澡堂里洗澡了。他们洗澡的时候，探子们发现了卖柴的小伙子背上的痣。他们像拾到了千年宝石那样兴奋起来了，卖柴的小伙子穿好新衣服刚出澡堂门，一探子走过来说，国王在叫你呢，于是把他带到了国王的前面。国王有一个大臣是坏到透顶的恶人，他的目的是夺王位。他问小伙子，公主玛拉丽在哪里？卖柴的小伙子说不知道，丝毫不松口，最后那大臣发誓，说要给他享用不尽的财宝，于是他讲出了公主玛拉丽所在的地方。大臣说，那好，你要亲自把她带到这里来，卖柴的小伙子不干了，大臣把刽子手叫到他的跟前说，如果你能将公主玛拉丽带到这里来，你就能活命，如果说一声不，我现在就让你的脑袋从你的脖子上搬家。卖柴的小伙子为了保全自己的性命，答应请公主来了。小伙子忧伤地来到洞下，走下去，来到了果园。果园里的千花万树都枯萎了，那些整日鸣唱的鸟也不见了，湖水也干了，果园变成了一个荒凉的天地。他找到了玛拉丽的住所，她动人的美姿荡然无存，公主玛拉丽看到卖柴的小伙子，哭了，说，我说了那么多好话，让你不要从这里出去，可你不听，这下好了，我们都可以放心地去死了，让国王喝我的肉汤治病吧。于是她和小伙子走出了洞口。他们被带到了王宫，大臣给了卖柴小伙子一把刀，要他杀了公主后，把她的肉一块块割下来，放进锅里煮。卖柴的小伙子不干，大臣又叫来刽子手吓他，于是卖柴的小伙子就动手了。他杀了公主，准备煮肉的时候，大臣拿来三只碗，一、二、三，编了三个号，向小伙子说，第一次烧开的肉汤请你舀进一号碗，第二次开的舀进二号碗，第三次开的舀进三号碗。说完，大臣走了。小伙子刚要加火，锅里响起了一个声音，说，卖柴火的小伙子，你不要按大臣讲的去做，把第一次开的汤舀进第二号碗，把第二次开的汤舀进三号碗，把第三次开的汤舀进第一号碗。小伙子按照从锅里传出来的指令，一一舀好了肉汤。原来，这肉汤第一次开的是有毒的汤，谁喝了都会当场死亡，第二次开的汤治百病，而且可以坐王位，第三次开的汤是富贵汤，谁喝了都会发财，做大臣。大臣的主意是把第一次开的汤给卖柴的小伙子，要他的命，二汤自己喝上当国王，而让国王去当大臣。小伙子根据从锅里传出来的指令，准备好汤，把大臣叫来了。大臣让手下的人把备好的汤送给了国王，把第一只碗里的肉汤给了小伙子，自己喝第二只碗里的汤，当场就送命了。而喝了第二次开的汤，也就是三号碗的汤的国王的病全好了，而国王把卖柴的小伙子重重奖励了一番，说你治好了我的病，并让他做了自己的大臣。卖柴的小伙子开始在宫里协助国王，公正地管理国家事务。某一天，他听说那两个黑心的亲兄弟怕他报复，东藏西窜，不敢见人。于是他派人把他们请进了宫里，美美地请了他们一顿，让他们不要怕，如果不是他们当时那样恶毒对待自己，他也做不成这个大臣。

　　我是你最早的童话，我的故事是讲不完的，我在用亲爱的语言给你们讲故事。其实，那都是我的歌声，不同的是有许多人听不到我的声音，不是他们无知，而是他们不喜欢最早的童话，他们只是山、水、花、颜色、雨水、孤羊的最后的朋友，所以他们不理解我在没有希望的地方守望，歌唱，希望和等待。他们也听不懂老太太的故事，那天夜里，她老人家在众多的孙子们面前不停地讲着她灵魂深处的话，讲到了伟大的爱情，说

故乡的候鸟

天王王子是一切时代的骄傲,他生得伟大,死得伟大,是一个懂爱情,为爱而死,为情而死的希望男人,是一切男人的种子。说小仙女是人的希望,是我们心灵深处的骄傲。老太太是理解我的,但是,如今,她的儿孙们的儿孙们的儿孙们都在哪里呢?从前的我不是这样的,我没有悲伤,在有人的地方,我是他们家永远的宠儿,我的故事在大江大河里,我的歌声在春天的百草丛中,我的梦想在你的心中,我从天空飞向你们的怀里,帮助你们欢心,助你们希望,给你们讲亘古的故事,我从天堂里飞来,飞进你的家园,在年轻的庭院倾听你们在爱的长河中甜甜的歌曲,在你们拥抱着倾诉的时候帮你们赶走魔鬼,给你们静谧和谐、欢乐、做人的乐曲,我是你们最早盛开的小花,助你们回忆你们的甜蜜,在你们无助的时候,我是你们近处的光亮,引你们上路,回到你们温暖的家,做你们永远做不完的梦,让那个南瓜的种子在你们的心中生根发芽。我的红色石榴,还在你的心里吗?你用了这么久,没有人给你找麻烦吧?是在那个午后的阳光下,你甜笑着见我时,我给你的石榴吗?我想是的,我祝福你,也为我能在风的帮助下给你一个石榴而高兴。在这个游戏人生的天下,我们的身体已经不仅仅是几条床的奴隶了,我们站立着的时候是千真万确的真人,躺下的时候是永远的童话。然而,我们的心是属于我们自己的,它有爱的自由,有不爱的自由,有笑、开心和不笑的自由。我很幸运,大地、千树万鸟,一切活着的灵魂,挚爱的朋友们还记着我的神话,在那些苦难的年代,我从遥远的冬天飞回你的世界，在你的心中点燃了爱情的火种，留下了我的声音，还有我的脚印，在没有鲜花的年代，在已经不需要童话的日月，我悄悄地留在了你们的床边、锅台下、你的窗台上的花盆里，留在了你的小花园里，没有忘记提醒你们，我还活着，鼓励你们走完那条长路，尽头是我为你们敞开着的金门，那里有过去的现在，也有我们的未来。我是你会飞的草原，我是你会歌唱的葡萄，我是你会飞的神毯，我总是静悄悄地来到你的身边，用我的光、风、气味说话，把我的红苹果送到你的心里，让你们不要伤心，不愉快的一切都会消亡，近处的希望，给我们看不见的力量。在你最无聊的时候，在你们忘记你们自己的性别，干了你们不应该干的事的时候，或是在白天干了夜的事的时候，还是在夜里唱了不该唱的歌的时候，我是你们的小夜曲，是你们的安慰，我给你们唱你们从未听到过的歌曲，你们可以欣赏那动人的曲调，但听不懂那些歌词，我用的是天国的语言，所以我总是受难，没有我自己的领地，这不是我们共同的悲剧，只是我一个人的苦难，我的神毯在世界的任何地方遨游，可是我的歌声是可怜的，因为我只有在你们入睡的时候歌唱，我的苹果是最好的，我为你们祈求，为你们颂唱，为你们播种鲜花，为你们走向爱的王国的长路上铺上神毯，让你们飞起来，在有机会的人间歌唱你们的机会，一起遨游我们的世界。

第三章　我是你的歌剧院

我是你的歌剧院，我唯一的目的是要向你倾诉我的从前和现在，讲述我百年来在这个城市的日日夜夜。我的生活是有意义的，是幸福的，因为我不能和人交流，只能看，倾听他们的行为和他们的心灵对话，从他们可怜的丑陋里发现可爱和美丽，从他们的美丽中发现人固有的丑陋。百年来我是这个城市的中心，当年我的后花园是这个城市里唯一的露天电影院，人们都说是果园电影院，从汉人街的方向流过来的河水，要从果园里淌过，也因而这是人气旺盛的一个乐园。河水一路上带着爱岸的笑声和人们的故事而来，对把后花园里比电影还要热闹的生活带到下游的伊犁河里，让河里的会说话的金鱼和那些故事对话，享受人间的乐趣。从前，那个年代老人们和已婚的人们基本上是不看电影的，因为电影在他们的家里，他们让自己的女人给他们演真戏。都是青年男女，准确地讲，都是那些恋人们来看电影，银幕前是一排排长长的木板凳，一对对年轻人抱在一起，井水不犯河水，自己的情人自己恋，自己的太阳自己看，前面的电影只是一种可有可无的摆设，目的是要在后花园里谈情说爱，他们要的是这里神秘的环境，当他们的舌头互相间你来我去地交流过那么几次以后,他们会很自然地站起来,走进两边的果园里,在野苹果树下,倾听夜虫为他们编唱的心曲,倾听黑夜里的苹果,给他们转述的恋人故事和心语。天上的星星在离人间很近的地方,窥视他们的动作。我的后花园的所有的角落都是讲不完的情和爱。在这个天堂般的城市,特别是在秋天的时候,花草长眠在大地深处的时候,果树叶飘落飞向无人烟的戈壁的时候,后花园静静地回忆它的繁花似锦的岁月的时候,在银幕前沉默的凳子和那些激动人心的话语,走进梦想的时候,那些要碰鸡蛋的硬汉就会来到这个望不到边的后花园,在那条爱神的心河一样的河流前,开始他们的游戏。他们是聪明的,他们喜欢碰鸡蛋的游戏,河水给他们力量,要他们将他们的游戏进行到底。

　　男人是智慧的,哲学是男人最好的朋友,但男人也是很愚蠢的,因为男人在最关键的时候在女人的影荫下跳舞,去做女人们不愿做的事,这是天下男人共同的悲剧。她们忽悠男人去做自己死也不做的事。男人们自己总是玩鸡蛋碰鸡蛋的游戏,输了只是损失母鸡的那么几个孩子,赢了的时候,那是另一种丑陋,谴责飞来的时候,河流哭泣,所有的苹果早早地掉落,鲜花会枯萎,风会留下来,在角落里做噩梦,醒来后的风就会变得无耻、卑鄙、随心所欲。等冬天过去,许多男人再一次地重新认识自己的时候,河谷的许多草和候鸟,看清了自己从前没有看清的人和事的时候,春天就会从后花园的枯草底下静悄悄地飘来,在我的领地里唤醒一切生灵,也唤醒曾如狼似虎的外力。年迈的外力，可怜地出现在剧院前，在阳光下向路人乞讨，在他的苦难的脸上，已看不到丝毫从前的荣光。早年，三十岁的外力是汉人街的一个风景，他是有名的说书人，维吾尔方言叫麦达尔，礼拜五爷们做完礼拜都从清真寺出来的时候，他在汉人街水磨前召集众人，给他们讲他所读过的那些古书和勇者所经历的磨难。外力的形象是鲜明的，个子很高，在人群中，他是看着那些人的头说话，眼神天生敏感，像刀子一样看人，黄黄的眼睛里，有着太多的不安分，脸上肉很少，皮在骨架上闪着血光，是一个非常有特点的男子汉。那个年代，他不同于其他的说书人，他不收人的一分钱。说书，大声地说话，是他的爱好，他的生活主要靠他父亲经营的盐业公司。在这个河谷，外力的父亲是有名的盐商，继承了他父亲的事业，在他的时代办起了公司，但是他未能把儿子拉到他的路子上来。外力从小爱读书，和汉人街的说书人做朋友，读了许多书，耳朵也一天天地成长起来了，舌头也一天天地成熟起来了，于是专门地做起了说书的行当。在他四十岁的时候，他开始讲历史书了，因为多年来他把心中的那些书都说完了，不是说完了，而是说了无数次，他说，《古兰经》是这个世界上最伟大的经书，伊斯兰教是和平的宗教。西方的宗教说人生下来就有原罪，他的一生要努力地解救自己，他是带着一个有罪的躯体活着的，而伊斯兰教给人机会，说人生活在机会里，生活在忏悔里，只要人知错就改，那么，人的机会是无限的，人是可以超越自己的。他的这个言论给他带来了极好的名声，街里的人们都说他好读书，知识渊博。然而这样的日子也过去了，他在五十岁的时候，家里没人了，更重要的是他父亲的财产都投到了公私合营的那种公司了，于是在五十多岁的时候，为了糊口，他在邮局前代笔，给人写家信，那些可怜的妇女们，因男人的毒打，要他代笔给在远方的父母们写哭诉信的时候，他深深地被她们没有人权的生活触动，一文不收她们的钱，回家后也同情她们，只有在这个时候，他才真正地懂得了父母亲曾无数次要他经商的要求。然而在一个新的时代，父母留下的那些财富一文也不属于他，这个时候，他的妻子丢下他走了，在另一个地方，去过自己的日子去了。最后在六十多岁的时候，他开始要饭了，老一辈的人都了解他的父亲，就通过一些人脉关系，把他送进了收容所，于是他在那里开始了自己无聊的、沉闷的生活。几年后，外力死了。他的死是那样的平静，没有一个亲人给他送葬，清真寺的阿訇来了，念过下葬的经文后，人们把他埋了。他是在冬天里去世的，白杨树上看热闹的乌鸦们乱叫着，飞到另一个生活区去了。外力的生命就这样可怜地结束了。收容所里做饭的大肚子哈尔说，都一样，出人头地，有钱有势，风光无限也是一死，你不会死在天堂仙女的怀里，在这里可怜地死也是死，都一样，都是要下地狱。

　　哈尔有一双大眼，像人血一样红，也像女人的心一样红，没有人能从他的这双眼里看到他的内心，他说，吃五谷的人，吃羊肉牛肉鸡肉的人，不可能进天堂。他的哲学是简单的，赤条条，任何人都能听懂，所以他心里有什么嘴里就讲什么。几年后，我听那些来看我的人说，哈尔也死了，他们说我们都这么简单，我们的命在安拉手里，安拉可以在任何时间收回他存放在我们这里的生命，说可以让我们突然地死在水里，也可能是在一场大火里，也可能是在睡眠里，也可能是在不要脸的大吃大喝里。总之，我们的生命是在时间里面的，不是在无限的时间之处。外力祖上几代在伊犁河谷是很有名的，主要是有钱。这个河谷年轻的时候，钱是她一切的一切，钱是可以让哑巴开口说话的万能的神。外力的祖父那一辈，在乡下就有太多的水田和旱田，水田种口粮，旱田打草放牧，市里有太多的商店，繁华集市中心，姑娘的眼睛一样漂亮的门面房，都是他们的，那时用的都是金币和银币，是真正的永恒的币，就是今天从院墙里挖出来，也是一个钱顶十个钱。这些人都死了，都无声无息地死了，他们留下的一切，都是不会说话的东西，当然他们也留下了生命，可那是安拉的生命，凡人是没有权利占有人命的。

我是你的歌剧院，我是时代的倾听者，我记录那些歌者和泣者的声音，我记录从那些忧伤的语言里派生出来的瑰丽的花朵，我记录从那些千万朵鲜花的心灵里流出的泪水，因为我在我的舞台上演出的那些活剧，激动人心，温暖人心。人间的烦恼太多，人间的爱心也太多。春天的时候，来了一个导演，名叫疆，他开始排戏，剧本是他自己写的，其实他是演他自己。疆是一个被丢弃的汉人，没有人知道他的父母亲，在他六岁的时候，疆出现在了我的面前，夜睡我的墙角。在剧院广场前卖烤肉的洪纳洪发现他的时候，脸上一丝血色也没有，洪纳洪收养他的时候，疆一点维吾尔语也不会说，可怜的眼睛只会直直地看他的养父。他把疆带回家里的时候，洪纳洪的妻子非常高兴，说这是安拉给她的儿子，因为她生了四个孩子，都是没有小宝贝的孩子。疆帮养父在剧院广场前卖了一年烤肉，在秋天的时候，在一个周末，洪纳洪请来了市里最好的琴手和歌手，还有民间一流的讲笑话的大师给疆举行了割礼，把他的小雀雀的那个像要饭人的眼皮一样耷拉着的包皮给割了。割手拿着利刀开始哄疆，说今天不割，先上点油，先让那块小肉软了再说，然而，师傅突然下手，疆大叫一声，嘴还没有合上，一个囫囵鸡蛋就进了嘴里，哭不出声了，师傅用烧焦了的棉花给疆包上，好话安慰几句就走人了。于是，一开始根据习俗的要求躲在一边的洪纳洪走出来，给儿子礼钱，恭喜儿子列在了男人的行列。如果说割礼是人的一大幸福，那么一个男人有那么一二十个朋友是第二大幸福，因为朋友是一个男人的梦，第三个幸福是这个男人有娶女人的能力，不是财力，而是让女人生孩子的能力。别的一切，都是羊毛炒韭菜的事儿。

  疆记得那天割完小雀雀的包皮后，养父和朋友们唱着喝着的时候，他的姐姐们就坐在他的身边，给他数客人们贺他的小钱，把钱放在小花帽子里包好，放在他手里。这是疆美好的、永恒的记忆。他的脸是汉人的脸，但他的心态渐渐地维吾尔化了，后来他读了维语学校，成了一个很自然的、后天的穆斯林了。在浓郁的语言环境里，他迅速地成长起来了，洪纳洪不让他帮助自己在市场里卖烤肉，而是另招了一个学徒，把他送进了最好的学校。他给疆的老师说,请你教好这个孩子,他是我的养子,是安拉给了我一次积德的机会,同样,他学好了,也是你的光荣,这孩子的名字是我的,骨头和肉是你的。三十多年后,疆在回答一位汉族教授问为什么要割礼的时候,把这个习俗所包容的生理原因和卫生要求讲给了教授,教授不停地点头,有所感悟。疆中学毕业后,考进了艺术学院,学习导演。在六年的时间里,他刻苦学习,在专业上有了巨大的发展,他的汉语在中学的时候也有点基础,主要是在大学学习的。他一个汉人,但骨子里的文化是维吾尔文化,他的养父和养母对他十分好,像自己的亲生孩子一样。在他的一生中,最让疆感动的是两件事:一是养父给他完婚,给他娶了一个漂亮的姑娘;二是养母给他带孩子,把他的两个儿子带大了。一些邻居看到洪纳洪当年全心地关心疆的生活和学习,努力地要帮助他读大学的愿望时,就心痒痒,说,那是一个外族的孩子,为他费这么大的力,值吗?你自己这么难,没有人帮你卖烤肉,你让他跟你学手艺,不是一举两得的事吗?不要忘记那句老话,养动物的孩子让你满嘴流油,收养人的孩子让你满嘴血流。洪纳洪说,收养疆,是安拉给我的一次机会,是人,在这个人世都有过一些罪过,我积德收养一孩子,说不准安拉看在我行为的善上,给我抵消我的罪过,也是我的一个奇迹。一个人留下一个好名声,比留下金山银山还要好。疆在读大学的第二年,就萌生了要把自己的成长史写成剧本的想法,这主意是他的老师瓦给他出的,瓦了解疆的整个情况后,就给他讲,你要写一个剧本，为了你自己，也为了这个养育你成人的善良的父亲。开始的时候，疆准备把他的经历写好，作为毕业作品交给老师，最好大家能排演一场，但是最终他没有写出来，不是时间，而是知识、经验等方面的困难，他回到故乡后，工作了几年，才写出了这个本子。疆向扮演他的那个演员说，如果在学校写，不可能写得这么好，他说，老师的观点是正确的，一个写剧本的人，没有足够的生活积累和时间帮助，是写不出好作品的。在疆的生活中，另一件大事是娶亲。洪纳洪向妻子，向女儿们说，我们不能因为收养了疆，就收养他的灵魂和精神世界里的东西，人都是有想法的，就是马牛羊的驹子犊子羔子也是离不开它们的妈妈的，而疆是人，他不会没有自己的想法，不会不想我的父母是谁这个事情，一定要找到他的父母，让他们做主给他完婚的事情。疆很是感动，不能理解，没有读过书的养父，能看清他的灵魂。疆当然想过这些事，可是他想，那是不可能的，三十多年过去了，如果他的父亲健在的话，他会找到他的。洪纳洪找到了民政局，在全市的二十多个居民委员会里散发了疆的资料，在电台里找人，但都没有结果，最后自己做主，给他操办了终身大事。姑娘名叫刘丽，是疆的中学同学，在一所学校当教员，于是他们有了一个美满的家。而洪纳洪，却没有停止找疆的亲生父母，虽已年迈，但仍通过一些媒体，讲疆的情况，没有放弃。他说，对于一个人，最好的生活是和自己的父母在一起。洪纳洪的妻子说，他爸说的都好，他一生卖烤羊肉串为生，积德行善，心好嘴甜，我们的现实却是另一回事。疆的父母亲是找不到的，也可能当年他们走散了，就匆匆地回内地去了，也可能是他们出事了，也可能他们就在我们身边，不好说出他们的身份，一切都是可能的。所以我们应该过好我们自己的日子，自己的生活和锅才是第一重要的。刘丽在中学的时候就爱疆，那是他们最好的时代，在这个美丽的边城，他们在河边幽会，伟大的河水给他们讲最美好的故事，河边高高的白杨树，收集天空最干净的故事，诗意地洒在他们的灵魂里，窥视他们的欢欣。河边的小野花偷听他们的情话，在岸边，和群鱼们对话的野鸽子们，向他们馈赠人间的故事。那天是疆第一次拥抱刘丽。刘丽的大眼里有太多的情和爱，有一个成熟的姑娘应具备的善良、沉稳、大方、好客，对情人忠心不二的天性。本来，疆是没有这个胆量的，当刘丽的体香熏醉了他的心，河边的爱风把刘丽的心味吹进疆的灵魂里的时候，疆拥抱刘丽，他不知道哪一张嘴是第一个幸福的使者，他忘记了自己的存在。这也是伟大的、可怜的、偶尔也卑劣的男人最容易犯罪的时候。当疆醒过来的时候，永远伟大可爱、光明灿烂、美好无限的刘丽在自己的怀里，开始给他讲千年前的童话，她的爱眼在星星下是那样的清晰，闪耀着女人的甘甜和对未来生活的渴望，像在近处永不熄灭的蜡烛，给人心灵的安慰和升华。河边的小野花为了能看清他们的动作，一夜间已长得很高了，它们把自己整个一夏天要用的芬芳献了出来，散在了他们的玉体上，从而河岸开始更加香甜迷人，那些野鸽子们，把自己周游世界时听到的最好的金歌名曲献了出来，在他们沉睡的时候，护卫他们的睡眠平安。而高高的无私的白杨树，把群星的问候洒在了他们的心中，从而整个河岸走进了刘丽灵魂深处的那个童话天国。好多年过去了，疆和刘丽有了自己的孩子，时间给他们带来了太多的东西，那些美好的生活细节曾是他们期盼和创造的东西，但那些伤人心绪的人和事，是他们不曾想到过的意外，虽然这样，但他们不忘记回访他们第一次拥抱在一起的那可爱的河岸，寻找那些野花的后代，和那些野鸽子们亲切地会面，感受那些高大慷慨的白杨树，再次把双手双心双眼双身放进圣河里，重温旧日温馨的经典时光。

　　我是你的歌剧院。那个年代我是这个城市的娱乐中心，我前面的广场有许多餐馆，买如是最大饭馆的主人，也是这一带的老大。他是白手起家的一个汉子，维语里这个词的意思是靠一把土起家的汉子。一把土什么也不是，这种说法在本质上和汉语的白手起家是一样的。买如八岁的时候就在这个市场里擦皮鞋，后卖瓜子儿，后卖熟鸡蛋，主要是看戏人出来玩碰鸡蛋，有的是只玩一只鸡蛋，有的是玩排蛋，一排七只，两人你一只我一只地碰，前面和中间输赢都不算，要看最后的两只蛋，谁的烂了谁输。后来卖烤羊肉串，再后来卖烤包子，最后开了一个餐馆。买如有太多的故事，他的朋友太多，三教九流中都有。他的朋友说没有他不认识的人、不认识的动物、不认识的河流和树木，也没有他不认识的候鸟和美人。这样的一种民间生活，养成了他事事非我不可的情绪，于是在家族的生活中也要争第一。他姐夫是一个大学生，是一所中学的校长，买如总是和他过不去，只要他在场，他就没有好话。每年过年，在古尔邦节的前一天，像春节的大年三十夜的那样，女儿女婿们都要聚在岳父母大人的家里吃年饭。有几次买如发现岳父大人很看重校长，只要他一到，就热情地有长有短，给他讲自己在机关里听到的一些官方消息。买如对校长的不满就是从这里开始的，在他的潜意识里，在这样的饭局中，他应该是女婿中的一号人物，因为他一是年龄大，二是和那些吃工资的人来比，他是一个有钱的人。后来，他发现，只要是那个卖嘴皮子的校长不来，再晚，岳母大人也不开饭。有一年，他有意识地也玩过这么一次把戏，故意迟到，晚了一个小时，可岳母大人早已开饭了。于是买如开始动脑子，开始和校长暗暗地斗了起来。他收买了岳母大人，他知道，女人都是爱东西的，爱衣服，爱钱，于是常常给岳母大人送东西，一个月一只羊，每天烤包子熟了的时候，抓住午饭的时间，让手下人坐车给岳母大人送热热的烤包子。这样，一年下来后，他很自然地成了岳母眼中的红人，只要他一到，岳母就会笑得嘴都合不起来，于是每年古尔邦节的前一夜，他就故意迟到，他不到，岳母就不开饭。为这事，岳父曾和岳母吵过，但岳母不理老头子，她有她的小算盘，她是万万不能得罪买如的，如果买如不高兴了，每个月的好羊就没有了，每天中午的热烤包子就没有了。而岳父大人也知道老婆肚子里玩的鬼花样，但是他不敢捅破，因为羊对每一个人来说都是好东西。几年后，买如发展得很快，工商局里有他一朋友，一天，在买如请客的时候，说，最近又来了一个政策，要盖一个定点的屠宰场，要进一些设备，要他跑一跑，找一些朋友，争取把这个屠宰场的项目抢到手，利是很大的，羊皮一项就是一个很大的收入，二是场地和设备也归他。买如很高兴，那天他和工商局的朋友喝了很多。几天后，他找人请客，给好处，把那个屠宰厂的项目弄到手了。过了几年，他发了，走路、说话、看人都不一样了。在这样的大好形势下，他在食品公司工作的一个朋友给他出了一个主意，说最伟大的机会来了，买如，你要抓住这个机会，大捞一把。老米是食品公司的会计，大大小小的政策他都知道。老米向买如讲，我们正在找人搞一个政府补贴的羊肉平价销售中心，你可以抓这个买卖，政府可以出钱买活畜，所有的事都由你来办，羊钱我们出，在中心出售羊肉的事，也由我们派去的人来做，你负责从活畜市场买羊、宰羊，向中心提供羊肉。买如高兴地把这事揽了过来，老米给他刻了一枚私章，每天，买如在活畜市场几百只几千只的买羊，给主人写一行数字，盖一个自己的私章，羊的主人就可以到食品公司领钱。一年下来，政府平价销售中心卖肉的收入和食品公司给买如买羊支出的款项对不上，减除补贴，数字差得惊人，买羊的钱多出了百倍，问题就出在了那个白条子上，只一小枚私章，谁都能刻。一年后，开始全面地查这件事了，结果是出现了太多的白条子，买如说那些多出来的白条子不是他的，但是没有人能说清那是谁的，有人说，任何人都能做这样的假，老米的嫌疑比较大，但是没有证据。这事又拖了一年，在食品公司解决不了的情况下,检察机关出面了,公安局把买如抓了起来。买如没有办法,他知道这是那个狗日的老米给他的心脏来了一刀,他和他谈过许多次,每一次老米都不敢正视他的眼睛。买如没有办法,把自己所有财产都搭了进去,把屠宰场也转让了,才从监狱里出来了。他病了一年,在家里和自己的老婆老老实实地睡了一年,从前的那些朋友们没有几个人来看他,也没有谁给他送过什么鲜花,连路边的野草也没有。只有在这个时候,他才好像明白了一些人间的微妙,不是一切都像他手里有钱的时候那样美丽可爱,一个人倒霉的时候,那真是能看出来谁是金朋友,谁是纸朋友,你就是天天吃肉,就像是在喝西北风那样抬不起头来。一年后,他的病好了,他的老婆,每两天一只野鸽子汤,是蓝鸽子,把他的病治好了。买如走出家门的第一天就来到了市场,人们都友好地和他握手问好,他架起自己当年起家的那个卖烤羊肉串的长烤炉,又开始营生自己三十多年前的老行当。三十多年前,他的吆喝声是最响的,而现在,他不吆喝了,因为他自己就是一个活广告了,只是给那些静静地走过来,站在他对面的客人递两串鲜美的烤羊肉串,继续烤自己的羊肉。这样的日子也一天天地过去了,买如一直等着老米能来看他,讲几句安慰他的话,但是他没有来。这样,买如在心里就认定了是他把自己搞到这条路上的。他仍旧干着他的活儿,在心里默默地等待着他的到来。他就想把在肚子里存了两年的话讲出来,那句可以要老米的命的话:老米,我总有一天会在千万人面前挖出你的眼睛,和你的心脏一起焚烧,结束你万恶的臭命。经历了许多以后，他说，从前，那些开小饭馆的小老板们常说，小买卖好买卖。原来这小买卖是最安全的买卖呀！从前的人们说三十年河东三十年河西，现在看来是三年河东三年河西了。

在我的周围，有太多的故事，但是我写不过来。有百年前的故事，也有几百年、几千年的故事，我无法一一细细地写出来，写出那个时代的眼睛和心脏，眼睫毛和月亮一样迷人的面庞。有些人，对从前的事情，没有兴趣，有兴趣的那些人又读不到它们，主要是我腼腆柔弱的语言承载不起那些人和那些事，那些空气和那些烫手暖心的形容词。当时代丢下从前走向未来的时候，是什么要我们总是要回忆那些往事和细节呢？是我虔诚的语言吗？可能是这样，当我的语言在陌生的语言世界里孤独地鸣唱的时候，有一种声音坚强地支持我，要我把所有的曲子唱完，要我把这可爱的语言播种在一切心灵里。而现在，在这个如画的城市，我是你孤独的歌剧院。我最好的年代已过去了，现在基本上没有人看戏了，从前热爱歌剧的人都一个个地死了，现在活着的，一部分在看电视，一部分在众多的、可怜的网吧里看剪不断，理还乱，在游戏的世界里，祈求屁股大的悬床，晒自己没有抓手的灵魂。还有一部分人在角落里孤独地生活着。当然，一种新的、美好的东西在出现，但从前的美在可怕地消失。当我被完全地遗忘了的时候，他们把我改成了一个个小包厢，可以和情侣、妾们、半人半鬼们一起看电影，从前一场电影是给一千多人放，现在是几十个人看。看电影是一种形式，内容是在小包厢里演自己的电影。从远古走过来的那么一些人们在不愁吃不愁穿的这个时代，变成了繁华月光下的庸客，干着埋葬侮辱人格人性的事，说着自欺的话语，唱着听不懂歌词的曲子。

又几年过去了，全年，来看电影的人一个人也没有了。于是他们把我租给了一个老板，老板把我的座椅都弄走了，把那里变成了一个很大的滑冰场，四季都有许多人来这里滑冰，很是热闹。又几年过去了，滑冰场也不行了，于是老板把这里变成了服装批发市场，服装经营了几年，当人们基本上对新服装不感兴趣的时候，老板又把这里改成了民族小吃广场，二十四小时营业，生意一天比一天好。原来最好的生意是为肚子服务的生意，人们离不开吃，特别是贫民，他们一件衣服可以穿几年，但是不能不吃饭，不能不喝小酒，不是因为他们也要表现自己的价值，而是他们也是人，一切人固有的东西，在他们的身上都是存在的。他们把剧院分成了四块，第一块是面食区，第二块是肉食区，包括羊杂碎，第三块是抓饭区，第四块是饮酒区。到这里来喝酒的主要是穷人和没落的类似贵族们。那些丢了手里的金币以后，就到这里来，喝最便宜的穷人酒。饮酒区在北边的角落里，卖酒的小老板有一个高大的铁柜子，最好的酒是十块钱一瓶的伊力大曲，最便宜的酒是四块钱一瓶的县镇酒，也就是河谷边贸小县城酿造的土酒。那些穷人都是有酒瘾的，他们在汉人街的劳工市场做完几个小时的重活儿以后，就到这里来喝酒。重活是到市中心的富人区里给大小贵族和有钱度日的小康人家做事，搬家、扫雪、卸煤、盖房，给公司里搬运货物。回来累了，在抓饭区吃一大碗抓饭，再回到饮酒区喝酒解乏。这伙人早晨不喝酒，早饭后主要是到汉人街的群众电影院前等活儿，干完活就回到这里来放松，他们都是从外地来的可怜人。也有一伙人是一大早过来喝酒的，基本上是酒精中毒的人，早晨不喝，全天什么事也干不成，一个钱也挣不到手。在这样的人群中，也有像力斯一样的人。力斯从前是向天空扔刀子的人，维语说这个人很厉害的时候，就用这个语言来表述。力斯早年是一所学校的校工，主要是赶马车从煤矿拉煤，冬天早早地给每一个教室生火，夏天主要是维修那些屁股上有牙的学生们搞坏的长条靠背椅子。后来学校有了车，力斯就开车了，夏天维修椅子的事也不干了。过了几年后，他辞去了工作，自己单干了。他主要是看准了火红的服装市场，他在市场里称王称霸，和别人争顾客，为了自己眼前的一点利，不和别人商量，私自降价，搞乱了服装市场。几个肚子大的人出来讲了几句公道话，他从腰里抽出刀子就刺，最后再也没有人敢说话了。力斯在四年的时间里，挣完了十年的钱，所以大家都恨他、怕他，但都不敢言，就在他像日疯的疯狗一样跑来跑去，以钱为中心，东南西北没有白天黑夜地疯跑的时候，后院起火了。他的老婆找了个野男人，把她的热包子给人了。用维语讲老婆变成了街上的人了。这事很快在服装市场传开了，因为大家都恨他，想用他家里的这丑事，镇压他的威风。大家说，一个男人，管不住老婆的屁股，还算是男人吗？挣那么多钱何用？说是他老婆和一个比她大三十岁的老头干好事的时候，让那个老头的老婆抓住了，把力斯老婆的头发揪光了。这些话传到了力斯的耳朵里，力斯开始派人调查老婆的情况，他老婆的确是吃了别人的肉肉，他把老婆毒打了一顿，休了。于是他精神低落，面部皮肉像蔫茄子一样耷拉着，生意也不做了，出国到哈萨克斯坦的阿拉木图市做生意去了。他在那里一待就是七个年头，他给朋友们打电话，说自己主要是做服装生意，但知情的生意人，怀疑他在那里做了一些不敢说的、不光彩的、犯法的事。那些常去阿拉木图的商人把这话带回来了，他们说，力斯在阿拉木图的朋友我们知道，那些人都不是干正经事的人，满脸凶气，眼神闪着仇恨的恶光。但是力斯没有出什么事，据说，为了生意方便，娶了一个俄罗斯姑娘，小日子过得不错。但他还是回来了，把那个俄罗斯姑娘休了。了解他的人说，他回来的目的是怕在那边出事，说他自己尿的地方他自己知道。从力斯回国后的一些情况来看，人们开始怀疑他在那边的确有那种挣了些不干不净的钱的事，因为他一回来，就大把花钱，把钱变成了廉价的抽纸。当一个男人把手中的钱变成烂纸的时候，这个男人就有问题了。他每天都要请客，吃最好的饭菜，喝上等的烈酒，过着花天酒地的生活。他这样玩了半年，有人建议他建一家医院，说现在学医的大学生多，一方面可以给他们安排工作，也是一种积德的事，一方面也能挣钱发展壮大自己。于是他跑前跑后，买了地皮，盖起了四幢大楼，办起了他的私家医院，起名叫力斯医院。然而，办医院挣钱，只是他一厢情愿的事，几年下来，他手里的钱没有了，他那些根本不懂医院管理的助手，建议他向银行贷款周转。他们是有目的的，只要医院多花钱，他们就可以在中间浑水摸鱼，而这正是他们一开始就积极地引导力斯，把钱投到建私家医院事项的目的。而力斯，他不知道，也不可能知道他们的动机，最后的情况是，医院聘用的，基本上都是没有经验的新医生，他们能说会道，手里有名牌大学的文凭，但是没有医术，没有实际工作的经验，有最好的论文，指导老师是网络，但是没有自己教育自己的品行。于是，医院接二连三地出了几起医疗事故，市里有关的卫生部门来检查，停了他的医院，最后的结局是，力斯没有能力偿还银行的贷款，让银行把医院收回去了，银行变卖了那些楼房，收回了自己的钱。力斯拿着手里可怜的那么几个钱，就开始喝酒，用酒精安慰自己。当一个男人因为有钱而风光无限不知所行所云的时候，那些美好的鲜花，就会变成路边风雨里哭泣的烂草。一个有力量的男人，有智慧有财富的男人，有高尚伟大志向的男人，会让那些哭泣的残叶，变成天下最珍贵的珠宝。于是力斯在饮酒区开始过一天算一天，放任自己的意志，和那些买酒的人做朋友，和他们交谈，把自己的精神生活丢在了没有光亮的那些角落里。他的敌人，不和他友好的那些人，那些从前和他在一个市场里搞服装生意的人，都开始骂他，说安拉睁开了眼睛，看到了力斯的嘴脸，也有一些人，和力斯没有任何恩怨，他们说，力斯办医院本身就是一个错误，一个打铁的人，如果不能全心全意地为打造好他的刀奔忙，那么他就是一个狗日的铁匠，如果一个园丁跑去在厨师面前指手画脚，那么这个园丁是一个发臭的人，而力斯，他本来是赶车的，后来开车，那么就应该干好自己开车的事。他也应该通过开车谋利。而现在，力斯当然听不到这些话，他每天中午到剧院里来，坐在伊米的摊子上喝酒的时候，世界是这样的小，从前的光荣与梦想，俄罗斯女人的歌声，让人死去活来的挚爱，都会像梦一样出现在他的眼前，折磨他糜烂的意识。每天中午，他都会像输掉了老婆的赌徒一样，从剧院的侧门走进来，耷拉着头，晃着走过。有时，在以前是卖戏票的房子里卖性药的烂姑娘叫住他，向他献上赤裸的微笑，伸出舌头，用做爱似的眼神说话，给他推荐最好的性药，但是他不买姑娘的性药，让她失望。他说，我的好姑娘，我现在还有心思吃药吗？现在，最难看的黑母鸡也不理我了。当他丑陋地离开的时候，卖药的姑娘就变脸，用同性恋一样的声调骂他，说他是天下一等的焉茄子。力斯听不见这些话，他来到伊米的极简陋的酒桌前，坐下要一杯酒，一大口喝掉，就向他讲自己的过去。在这样的正午，伊米听过他无数次地讲自己的过去，但每一次，都会用心听他讲，不时地点头，说上那么几句认可同情的话，配合他，积极地调动他的情绪。那是一个周末，夜，那些酒人都回屋里去了，力斯讲着讲着哭了，于是伊米接过话头，说，每个人都有一本难念的经，我当年也曾是一个喝甜水、吃嫩草的公子爷。这话用汉语讲是吃香喝辣的人。我也有过自己的公司，后来我什么也没有了，一是吃喝玩乐，二是赌钱，最后落到了这个下场，当我什么事也做不了的时候，我就干起了这种卖杯酒的行业，有什么办法呢？每天夜里回家，我就想，我为什么失去了一切呢？是真主惩罚了我，为什么要惩罚我呢？我做过什么对不住人的事吗？当我这样不停地自问的时候，才发现我从前干过坏事，我欺骗过人家的姑娘，现在，报应来了，我知道自己是什么东西。这个世界是有报应的，朋友，你说得太多，哭得伤心也没有用，我的下场是我自己造成的。我说，你还是少哭，多想一想，你是不是也有过干伤天害理的事，是不是也曾尿到了干净的圣湖里，今后怎么办，这才是一个倒下的男人想要回答的问题。听到这里，力斯放下了手中的酒杯，他看了一眼伊米，开始回忆自己的从前，是啊，从前，我都做了些什么呢？只有在这个时候，他才发现了自己，才开始弄懂力斯是一个什么样的人，才从镜子里面看到了自己的嘴脸。他在阿拉木图的时候，的确是挣了一些脏钱，和当地黑社会的人一个鼻子出气，从国外进毒品，挣了一大笔黑钱。他向伊米说，你说得对，安拉的眼永远是光明的，他能看清我们看不清的一切，这是我的下场，我认这个下场。

这时，来了一个酒人，艰难地走到了力斯的跟前，用没有血色的脸看他，用没有光的眼看他，用没有力量的嘴看他，用舌头向他说，能给我一杯酒吗？力斯给了他一杯酒，那人用眼接过杯子，把酒喝掉了。他把酒杯送给力斯，说，我刚刚从地狱回来，魔鬼的爷爷向人间的所有的巫师发出了命令，在明天下午的时候，我们的这个人间将会发生重大的变化，所有的女人的鲜花都会让巫师吃光，所有的男人的宝贝将会让小鬼们割下来扔给小狗，新的人将不会诞生，世界的万物将开始向自己的末日行进。那个时候，就会剩下我们喝酒的人，我们会创造一个新的世界。力斯又给了这个可怜人一杯酒，在心里说，多么可怜啊，要不是刚才伊米开导我，我也会变成这个可怜人一样的生灵的。安拉，救救我吧，我忏悔！在我应该友好地结交众多朋友生活的那些年代，我变成了走狗，在我应该成熟、善良、成功的那些日月，我变成了金钱的奴隶，在我应该像鲜花一样在众人的花园里盛开的那些时光，我污染了自己的灵魂！救救我，安拉，给我指一条河流，让我洗净我肉体和血液里的肮脏，把我引向人间正道，让我也享受纯洁和真爱的光芒。力斯站了起来，他的灵魂带着他走出了剧院。

　　在我的身边发生的那些故事是讲不完的，这只是一小部分。还有许多动物的故事，我不懂它们的语言，有太多的好动物，在温馨的大地，它们的故事是我们恒久的启示。可悲的是，一些不是动物的动物在看不见的地方扰乱我们。如果我能听懂那些高大的白杨树大哥的语言，如果能听懂那些小虫的歌声，如果能听懂河水的欢唱和无名野花的童话，我为什么还要给你们讲故事呢？因为我知道，当你们离不开故事的时候，也就是盐要涨价的时候，如果盐的价格一涨再涨，那么人的价格就会往下跌，那个时候，人见人就不说话了，人间就开始使用手势语了。那个时候，世界最美好的声音是什么呢？我们的故事是讲不完的，因为每一个生命都是一个永恒的故事库，所有的故事都连接千年的美好和如画的人间，即那个千年又是前一个千年的亲兄妹，他们的血肉连接在一起，他们是鸡蛋碰鸡蛋故事的奴隶，他们是鸡蛋碰石头的故事的美丽，因而他们的故事讲不完。这就是我的结局，我曾经是这个城市文化的中心，爱情的中心，娱乐的中心，夜生活的中心，而现在，我是那些颓废了的灵魂的一个栖息地，是他们苦难的精神尿尿的地方。然而我信我自己，信我的根基，百年前，那些一顿能吃掉一只羊羔的汉子们，从远山上拉回磐石打牢了我的地基，在不远的半个世纪，那些候鸟都会飞回来，不是带着金银，而是带着新的人气回来，我会再一次地和我的运气和辉煌握手拥抱，那些鲜活的人们存在着，那么我的未来也不是梦。我有许多的担心，最灿烂的事，是那些看菜喝酒的人们的信念。风会过去，季节的苹果会成熟，有的会落入正人君子的手，有的会落入卖屁股的小男人的手，有的会掉在肥美的草地，这些事千年来都是这样，而对于我最珍贵的是，让从前的人气复苏，让今天的生灵抓住那条金绳子的一头，不要走散，接唱那些唱不尽的金曲。

第四章 我是你的飞毯

我是你的飞毯，世界是我的舞台，天空是我的舞台，人心是我的舞台，我看到了千千万万人都没有看到的东西，我发现了千千万万人都没有发现的美丽。伟大的世界，伟大的时间，伟大的民众，在这个无边的天地创造了让人享受不够的美丽，创造了让千虫万鸟永远生息的宝地，创造了给我们永远希望的好人乐园。

我在好人乐园住了好长时间，能在这里生活的每一个人，都对众人有过那么一些了不起的贡献，他们在那个美丽的乐园，尽情歌唱自己的神曲。我为他们感到骄傲，只有能在这个人世给人留下那么一些珍爱的东西的人，才能生活在下一辈的灵魂里。比如说鲁克，他是极丑的一个人，当年，他在社区里的时候，有许多人看不起他，说在他的生活中，多少有一点邋遢柔弱的东西在里面。然而好多年都过去了，他在自己的院子里多次试验一种叫乌斯曼的染眉草，在自己老婆一天天变白的眉毛上试验，最后成功地向社会推出了乌斯曼草，少女们、靓女、丑女、老太婆们都用这个草染眉，变得更加美丽起来了。特别是那些老太婆，把眉染黑以后，变得年轻可爱了。于是那些男人都感谢鲁克,把他送到了好乐园。就是说,生活在这个乐园里的每一个人,都有自己的资本,都有自己留给人们的一些好处,不然,他们是进不了这个好乐园的。又比如,那个叫巴拉的男人发明了两色裤,一条腿是蓝色,另一条腿是绿色。他在申请专利的时候,说,我的两色裤是有意思的,人们要学会审视自己,发现依附在自己的身上,蛊惑智慧的颜色,埋葬不属于自己的颜色。这样的例子是很多的,总之,我看到的好人乐园是走向天堂的大门,许多好人和许多好的发明创造,都在这里小声地唱着一个共同的歌。我是五十年前的地毯,我是一百年前的地毯,我是一百五十年前的地毯,我是二百年前的地毯,我是这个河谷的见证,我看到了人们的爱、错乱、跟随风飞来飞去的所谓的幸福和真的可怜。我是一九五八年的和田地毯,我出生在库沙村,我是那种托盘图案的地毯,这是这个村庄的专利,他们从几千年前就开始编织这种地毯,色泽亮丽,图案大方,特别是中央图案,玫瑰花朵让人想起自己的青年时代,寻觅爱情,敬爱她们,在美玉般的月光下,在醉人的薰衣草丛中,在痴迷的葵花地里,在豪迈的玉米地里,敬爱日子和时光的幸福。红的花朵可以让人想起天使般的生命享受,收藏难忘的情绪和清晰的记忆。

我是在一个有阳光的中午诞生的生命,编织我的那个似花的少女把自己的名字织在了地毯末尾,也就是说,在我的神经里,都有她的心血在里面,这不是我的幸福,因为血一样鲜亮的好妹妹帕丽在走向新生活的时候,也没有得到幸福。她的棉花男人是一个好吃懒做的尿尿,帕丽织地毯养家,他在外面喝酒鬼混，于是帕丽和他离婚了，回到了娘家，继续编织她美丽动人的地毯，织她能抓住一切人的心的地毯。帕丽虽抱回来了一个孩子，但她的美，她的动人，她的圆圆的脸，大而会说话的眼，画家手下一样的动人心弦的小嘴，都能让一个人，男人，不，不是一切的男人，而是保存了男人血性的男人，睁开他们的第三只、第四只、第五只眼睛。

我的故乡仍那样贫穷，河水仍旧那样浑，春天，在北方在伊犁河谷所有的角落，唤醒一切生灵，让大地欢欣鼓舞的时候，让春花留住人们的希望的时候，让春雨的万树千草睁开眼睛的时候，我的家乡就下土雨，灰色的土让人什么也看不见，驴日的风，把疯人院里的歌声和情绪，晒在天空和大地，让有希望的人们睁不开眼。后来我周游世界，在天国里认识了发明地毯的祖师爷娜尔以后，我曾多次努力，在伟大的春天里，在故乡的天空，飞撒过无数朵鲜花的种子。但我最终都未能改变家乡的这个可怜的气候，没有起到任何作用。一个人的努力太渺小了，太可怜了，可怜得像一个可爱的男人，在长长的一年里，连一个女人的祝福也得不到。在大地万象万种可怜里，这是最痛苦的一种可怜。在谈到发明编织地毯的整个过程中，娜尔非常兴奋，她对我能千万里来她的天国找她，非常高兴，给我热情地介绍了她发明编织地毯的过程，说自己能为辛劳的和田乡村发明这样一个技术而感到永远的高兴。娜尔的眼睛像地毯的小花那样可爱，我说，美丽的新疆大地，那些有水有草有田有山，遍地马牛羊的宝地，为什么没有人从事编织地毯的行业，只有我可爱的故乡才有那么多的男男女女呢？娜尔哭了，她哭的时候是那样的美丽，泪水从亮丽的脸蛋上滑下来，银子一样闪着可爱的光芒，眼睛像远山的宝石，让人永远也不能记忆她精神情绪里的东西。她说，一切都是安拉的安排，安拉给那些贫苦的地方恩赐了这个手艺，这是和田的伟大和光荣，这个光荣将永远地留在这片土地上的人民的心中，美丽可爱的鲜花会在春天里盛开。

我被感动了，我看到了满世界的春色，当我深情地注视娜尔的眼睛的时候，她把我的情绪从她的灵魂里拉了出去，开始给我讲故事。她说，我有太多太多的故事，我赐给你一个美好的故事吧。在我们先祖的时代，有一个很有钱的富人，因为他只有一个女儿，就从各方面给她创造条件，她说什么就是什么，她要什么就是什么。姑娘长大了，要出嫁的时候，她说，除非像我这样有钱有势的财主，不然找任何人都不嫁，于是，富人把前来提亲的人都挡在了门外。但是不行，来的人越来越多，他的妻子整天忙于接待客人。财主向妻子说，老婆子，我看这养姑娘可是个赔本的买卖，这女婿是谁，连个影子都没有，可到家里来吃饭的，却已几百号人了！向你的那个宝贝姑娘讲讲，不要再烦我了，让她拿个主意吧。姑娘的母亲把男人的话传给了女儿，说，那些有钱的财主你都看了，没有一个能比得上你爸爸有钱，没有办法，你还是选一个财主的儿子吧，我们给你完婚。女儿说，如果那些有钱的人都像爸爸那样小气，我不嫁。母亲说，那好，你嫁给一个商人吧。女儿说，妈妈，千万不要这样说，商人是狐狸的代名词，我绝不能嫁给商人。母亲说，财主的儿子你不嫁，商人你也不嫁，那你就嫁给县令大人的公子吧。女儿说，可爱的母亲，我更不能嫁给县令大人的公子，他是一个不懂廉耻的东西，我想嫁给一个手艺人。母亲说，什么？手艺人？难道你爱后街的那种下贱人吗？你等着，我要告诉你爸爸，你会后悔的。于是姑娘的母亲把女儿带到了她爸爸前面，二人大叫大骂，可是财主的女儿还是不灰心，财主说，那好，你想干什么就干什么吧，从今天开始，你不再是我的女儿了，不要再让我看见你了。财主的老婆不同意把女儿赶出家门，但是财主不听她的话，姑娘没有办法，包着她的衣服离开了家。母亲哭着说，女儿啊，你为什么不听话呢？你不但害了你自己，也害了我们啊！于是孤独的姑娘走啊走，来到了一个很大的城市，她可怜地走街串巷，她一路上观察着那些做帽子的、染布的、做靴子的、织麻布的、做饭的、打馕的手艺人。来到十字路口的时候，看见许多人围在了一起，姑娘来到人群里，挤到了前面，她抬头一看，一位浓眉大眼，脸像漂亮的小馕一样发光、精神抖擞的小伙子，在叫卖一条很漂亮的地毯，人们都在争着买那条精致的地毯。姑娘小心地掀开面纱，抓了抓地上的地毯，说，是你自己织的吗？小伙子说，是的，是我自己织的，可是我没有帮我一肩之力的助手，也没有能帮我放毛线的伴侣。为织这么一条地毯，我要克服太多太多的艰难。姑娘说，如果我给你放毛线，你能接受吗？小伙子说，当然高兴，我会一百个高兴，一千个高兴。说着，他卖掉地毯，和姑娘回家了。织毯小伙子的名字叫罗和曼，姑娘的名字叫布艾杰，他们一路走着，谈着说着笑着互相建立了感情。罗和曼做了一锅抓饭，请来了巷里的长老，请阿訇念了婚礼经文，娶了布艾杰。从此，布艾杰放线不止，生意上的事也学会了许多，而罗和曼静坐在家里织地毯，一年过去了，两年过去了，十年也过去了，地毯的生意越来越好，罗和曼发大财了。有一天，他向布艾杰说，好多年过去了，我们织了很多地毯，也挣了一笔钱，我给你开个店，你在店里卖地毯和毛线，我们雇人织地毯。我呢，放松放松，出去周游世界见见世面。布艾杰同意了，罗和曼做好准备，骑上烈马，赶着给他驮东西的驴子出发了。他走啊走，走了很长很长的路，第七天他来到了一个店，刚下马，飞来了四十名大盗，抢走了他的马和所有的东西，强盗的首领最后来到罗和曼的跟前说，哎，商人小伙子，你的死期到了，你愿意让我砍死呢还是让马拉死呢？回答我！小伙子说，我已经在你们的车上了，你们的绞绳已经在我的脖子上了，但是我有一个条件，请你们准许我和我的老婆见上一面，我要给她留下遗言，到那时，你们怎么惩罚我，那是你们自己的事。强盗的首领说，落在我手里的人，没有一个能活下来，也好，让你的老婆看看你的死尸吧！说着，他下令说，把这个人捆在他自己的马上！一个刽子手捆住了罗和曼的双手，把他带到了他的烈马的跟前。这时，强盗首领的一位谋士向首领建议说，我看这小伙子不像是一个商人，可能是一个手艺人，我们把他带回去，让他给我们干活，我们也就不愁没吃没穿了。强盗首领同意了，他下令解开罗和曼双手上的绳子，问他说，你是干什么的人？小伙子说，我是一个手艺人。什么手艺？我会织地毯，会放线，染线。强盗们听到他的回话后，高兴了，就带着他回去了。他们回到自己的山洞里，开始疯狗一样地吃那些抢来的食物，他们吃饱喝足后，强盗的首领把长胡子卷到耳朵上，问罗和曼说，小伙子，现在让我看看你的手艺。罗和曼向首领说，织地毯是需要架子、各种颜色的毛线的。强盗首领听着生气了，他刚抽出宝剑的时候，那位谋士走过来说，阁下，他说的都是实话，我们给他准备毛线和架子吧。强盗首领同意了，并向他说，快说，你这个不懂事的东西，在什么地方才能找到你说的那些东西？小伙子说，东方的那个城堡里就有，有一位女人卖那些材料，她的架子也是最好的。强盗的首领把手下的四个强盗打扮成商人，罗和曼让强盗拿来让他们抢走的自己的褡子，抽出一根毛线和一根面线，交给了强盗，把织地毯的工具也讲给了他们。四个强盗来到了东方的那个城堡，城里只有布艾杰的店里卖织地毯的毛线和工具，布艾杰看到强盗们拿来的线样和工具画图，心想，我男人可能要建一个织地毯的工厂，他们可能是我男人的技工。于是，她把最好的线和工具给了他们，并留他们吃了饭，送他们上路了。强盗的首领让罗和曼在洞里的一间只能进不能出的房子里，给他织地毯。罗和曼织好了一条漂亮的地毯，他在地毯上把自己的情况都一一地织上了：自己是谁，是怎样落在了这些强盗的手上的，那些买强盗地毯的人怎样才能抓到他们，也织上自己和强盗们所在的方位图。而后，他在地毯上泼了许多水，增加了地毯的重量。强盗派两个人去卖地毯，但他们两人抬不动地毯，四个人也抬不动，六个人也抬不起，最后八个人抬着地毯进城了。他们把地毯抬到了布艾杰的店里，布艾杰读完地毯上的文字，看完地毯上的画图，心里一切都明白了。她把那八个强盗请到家里，给他们做好饭，把他们锁在房子里，而后从罗和曼的朋友中选出六十名强壮的汉子，骑上烈马，带着他们冲向了强盗所在的那个地方。这时，在洞里等不到八位同伙的强盗们，来到大路上，开始四处寻找马帮的时候，布艾杰带着她的人马，出现在了强盗们的面前。强盗首领来到布艾杰面前说，你们是哪个国王的勇士？布艾杰说，在下是你手中那个织地毯的小伙子的老婆，这些人都是我男人的勇士！说着，她挥了挥宝剑，把强盗首领的头剁了下来。剩下的强盗纷纷丢下手里的剑，四处逃命去了。布艾杰骑上烈马，带着她的人马，冲到了强盗的老巢，一场血战开始了。他们战了三天三夜，布艾杰最终打败了强盗，救出了罗和曼，换来了这一带的太平。从此以后，罗和曼和布艾杰的地毯生意更加红火了，他们的孩子们长大后也和父母一起从事地毯的事业。布艾杰的父母听到女儿的这个消息后，很为自己的行为悲伤和后悔。他们说，原来手艺人的手是不败的花儿，命是百岁长命。

娜尔讲完她的故事的时候，从她美丽可爱的双眼里飞出了无数条漂亮的地毯，开始和我周游世界。在这以前，我带着

故乡的候鸟

故乡的众多地毯去过许多美丽的地方,和当地的地毯一起手拉着手,在那些宁静的海边倾听过海的故事。这一次娜尔的那些地毯和我一起来到了北欧,我们在干净的天空遨游。在爱的空中,高唱圣歌的仙女们把我们接到了宁静的童话王国挪威,我和许多漂亮的地毯去过许多地方,但是从来没有见过这么一个像庄园一样宁静、可爱、美丽的国家,这是一个在伟大的海水里的国家,一切美丽的城市都在海边,山是没有尽头的森林,候鸟在干净的天空飞来飞去,把仙女们的信息传递给林子里的小动物,让大地的万物在共同的珍爱中过自己的日子。我和娜尔的地毯来到了海市,我们兴奋地来到市政大楼前的海岸的时候,那些地毯都变成了一只只雪白的鸽子,那样的可爱,右眼像我灵魂的眼睛,左眼像娜尔的心,它们和我一起在渔民的渔船上飞翔着,当我们落在海岸边休息的时候,那些鸽子和海市的鸽子们亲着嘴认识了,于是那些鸽子和海市的鸽子一起飞到遥远的地方去了。我再一次地失去了我的鸽子。在那些年,我每次出来,那些忠诚的鸽子只为我歌唱,但它们一到一个美丽的地方,就会忘记它们的形象。我孤独地坐在海边,想着我的心事,我从来没有这样伤过心。如果我心里没有那些鸽子的位置,如果我不曾十分信任地带它们到这个遥远的童话王国,它们的出走对我什么都不是,用维吾尔语讲,我的一根毛也不动一下。在这样一个美丽的国家,我想起了我伟大故乡的鸽子,是大鼻子鸽子,形象是那样高贵,眼睛看人的时候,可以让一个真男人立志做一次了不起的事情。

我是你的飞毯

　　我的童年是和鸽子分不开的，我整天都和鸽子在一起，周末的时候到鸽市买几只廉价的鸽子，活在那种知足的快乐里。因为我伟大的奶奶讲过，一切爱鸽子的人，养鸽子的人，长大以后都会成为一个善良的人，都会像鸽子一样在纯洁的天空中飞翔，和那些仙女们生活在一起。在我童年的时候，在雪白雪白的冬天，在温暖的小土屋里，奶奶坐在热热的铁皮炉子前给我讲故事的时候，我会从她的眼睛里，看到我不满周岁时候的形象，会听到我的哭声，会看到母亲甜吻我前额时的自信。这些伟大的日子，在我的记忆里，没有出卖过我的纯洁，我没有在任何一个地方，丢失我的心、我的眼睛、我的理想和我的歌声。也因而那些日子都是那样的甜蜜，坚定我周游世界的勇气。我手里故乡的鸽子飞走了，只留下了我孤独的声音，天空的白云不见了，仙女们都回家的时候，天空就会变得那样的丑陋，大雨落在我的翅膀上，雨水的苦味唤醒了我多年的记忆。故乡的雨水也是这样亲切的，雨水天，我们躲在千年榆树杈上的小木房里，倾听雨水落在大地上的声音。后来那些记忆在我的每一根羽毛里，清晰地储存了它们的味觉，记住了雨水和树叶的对话，记住了无家可归的候鸟在近处可怜的鸣叫声，记住了天空无情的雷声咒骂大地的无耻。雨水停了，娜尔的那些鸽子们突然地回到了我的身边。我哭了，我从来没有这样哭泣过，无情的雨水把我的精神世界拉回到了从前，而突然回来的这些好鸽子又让我看到了希望。然而，我的鸽子们付出了太大的代价，那些雪白的鸽子变成了丑陋的黑鸽子。我没有说话，在这个世界上,我们都是失败者,我们都曾放飞过欲望,都曾在干净的湖前尿过臭毒的尿水,也因而我们失去了太多的机会。如果那些雪白干净的鸽子们不飞去的话,不贪他人的乐园的话,那场雨水也不会落下来,我也不会回忆在我的爱情时代,在那个大雨天,借宿那家老人家里的往事。过去的事,总是像我们已故的奶奶那样可爱而了不起。那天,我们没有办法,敲开了巷子尽头老人的房门,是老奶奶出来给我们开的门,她弯着腰开门的那个形象,像一个长生不老的圣母,在我们的记忆里留下了她高贵纯洁的维吾尔族母亲的形象。当一个母亲能代表一个民族的时候,这个世界不应该为这样的伟大和光荣高呼吗?从前是什么?从前有苦难,有悔恨,有悲伤,有眼泪,但从前又是最新的和最后的希望,因为它连接着今天的机会和可能。那天老奶奶把我们让进了屋子里,生了火,给我们兑奶茶,留我们住宿,说雨水天你们能来,是安拉的安排,今天早晨我喝茶的时候,有一茶叶梗在我的碗里直立着,我就想今天一定会有客人来。果然,你们来了。老奶奶没有问我们从哪里来?要到哪里去?是谁家的孩子?她的人在这个世纪,但她的爱心在上一个世纪的金窝里,这是她们的幸福,无论如何,我做不到这一点,我至少要问你们从哪里来?要做什么?这个姑娘是你的爱人呢还是你的情人?你是谁家的儿子?喝完茶,暖完身,雨停了走人吧。我绝对会这样做。当人心见过太多的世面以后,人和人的距离就拉开了,人就不信人了,因为最好的人是祖祖辈辈都没有出过村庄的人,没有出过巷子里的人,是没有出过

我是你的飞毯

这个城市的人，是二十岁的生命，是有冲动和爱情，懂永恒的人。当人三十岁、四十岁的时候，人就开始背叛他的故乡、他的河流、他的乐园，背叛他的妻子，就开始多一个心眼，就开始以自我为中心，就开始和自己原配同床异梦，人只信自己的存在。我们开始在海市遨游，湖水像女人的眼一样可爱，海像好女人的好故事一样激动人心。亲切的石砖路，像勇士沙迪尔的身子骨一样结实，温馨的咖啡屋，像一个千年来讲不完童话的老祖母，唤醒那些路人去爱那些等待他们去爱的人和事。三文鱼像草原的羊羔，睁眼看穿我的心。那些大步走路的美女，同样也唤醒我可怜的、无聊的过去。我带着那些已经变黑了的鸽子，准备上路的时候，那些鸽子说它们想留下来，无脸见家乡山水。我想也对，贪欲让它们成了永远的异乡人，它们永远也不会再回故乡，和天堂空气对话了。也可能这是一种新的开始，但是，任何一种伟大的开始都应该从故乡开始，一切价值都应该在故乡的金锅里永放光芒。我走了，它们留下了。十几年后，听从海市飞回来的那些鸽子说，它们都变成了黑天鹅，在北欧数不尽的湖畔安了家，繁衍生息，开始了它们新的辉煌。这当然是一种好事，能活下来有后代这就不错了，但是我想起了一句话，那句我们的祖辈至今都没能忘记的至理名言：在异国他乡当国王，还不如在家乡做奴隶。我告别了海市，我本来想直飞和田，见见那些众多的好地毯和它们谈谈心，但是风把我吹到了童话王国，一个绅士一样的国家，一个永远是周末一样温馨的国家。从前，我奶奶给我讲过有关童话王国的故事，当我来到那么油亮的王国河前时，那些细节出现在了我的眼前，在远古那个可怜的时代，许多无家可归无肉可食无女可爱的游子们，来到这条河里洗澡的时候，他们都变成了鱼，从那以后，他们获得了永远的安慰，他们的心、躯体、灵魂不再飘游了，国王河在城市的中间，像一条永远的美人鱼似的躺着，让一切游人回忆在他的生命进程中最美好的那些日子，国王河在城市的中央，用它鲜活的形象，启示人们，生命应当像它流动的灵魂，年年岁岁，创造新的可能和机会，呼喊自己的存在，让那些欲望在伟大而勤奋的人群中出人头地，给自己添光，给他人一些启示和机会，让手的力量在历史的博物馆里见证一切可能。

　　这条河又是这个城市最干净的交通工具，它方便一方，在所有人心里畅流。水本来就是一种美好、理想、财富的象征，水在千万年以来无声无息地滋养着大地。我想起了故乡的河，这条唯一从东流逝到西的圣河，是我们的希望。在我青年的时代，它洗刷过我的肮脏，给了我说不完的恩惠。我的爱，我的失恋，我的理想，我的荣光和我的彷徨一样难忘的日子，都和这条圣河有关。但它不是交通工具，它是一种情感上的寄托，河里的鱼群是一种亲切的存在，它们是一种希望，但是没有人为它选择河床，它随心所欲地流，一直流出我们的土地。它又是一种像母亲一样的爱河，在有记载的千年白纸黑字里，它接受了，抚摸了，理解了，养育了从五湖四海前来投奔它的生灵，它接受了一切，因为它的基础是千山万水。我站在国王河桥上，欢送着流向远方人群的好水。一个很有意思的问题是，这些暖人心的水从何而来？它又要到哪里去呢？当我们如饥似渴地饮用它的时候，它不说一句话，当我们用它来冲洗我们身上的疲惫和肮脏的时候，它也不说一句话，仍那样平静地对待时光和荣辱。时间啊，这天下什么人能说清水的这种本性呢？朝三暮四和颠三倒四是因为水的存在吗？我不能回答我自己。永远的桥、河流、两岸注入我血色记忆的风光，千年教堂的暖光和自信，还有那些像童年的梦一样的爱路，伟大的剧场地下厅里像成熟的女人一样人见人爱的黑啤酒、油画一样的咖啡屋，心醉的美女和美女们，都留下了。风把我带回了我向往的和田。在海市和国王河，我看到了两样伟大的、亲切的东西，时间和水作为我的第二个意识，深刻地存留在了我的左脑里。我爱水，但是至今都搞不清它是怎么一回事，它的伟大和可怜为什么这么持久，像时间的牢笼那么持久。我爱时间，但是同样也搞不清在时间里面的时间。我回到了和田。我和玉石没有感情，虽然它在天下的奇石中最可爱最珍贵，但是它是没有生命的东西，不像时间那样让真男人死去活来，不像河水那样让人又爱又恨又离不开，我不是说玉的形成与人类的精神有关，而是我不喜欢这个冰冷的东西。只有地毯，是我心灵唯一的崇拜，那些图案、鲜艳的颜色、亲切的视觉，是我永恒的情人。每一次我都要在和田市场上长久地欣赏那些买卖地毯的人们，如果一个人杂念太多，一生不会欣赏一条半条地毯。如果一个人心术不正，他一生不会织出一条半条地毯来。从而，那些爱地毯而买和卖地毯的人，都是有前途的人，是超越了自己生命本质的人，因而他们不像水那样神秘多情，也不像时间那样复杂，他们像鲜花一样向人敞开心扉，他们像太阳一样真实。

肉孜是地毯市场的老大，他有钱，有思想，有好心，因而他的眼睛像和田的石榴，向一切人敞开着，闪耀着温暖、理解，愿意和你合作的那种纯真和和谐。他是这个市场的创建者，也是得益者，当他挣了好多钱以后，那些不做地毯生意的人坐不住了，他们的屁股里都是从五湖四海的角落里爬来的虫子，但是没有办法，市场的规律和人的规律都是无情的，谁付出了，那么他的牙就应该享受。有钱人肉孜是一个没有进过现代学堂的人，他生活在自己的宗教文化里，这是他的父亲留给他的财富，老父曾是一个大毛拉，在众穆斯林的心中有崇高的威望，这种得人心的形象基础，是那种原始的和谐文化：正确地活着，为众人代言，行善，救济贫民，主持公道。后来，有钱的肉孜走出了自己的天地，他把村子北边的荒地开出来了，种了一千亩核桃，一千亩石榴，开办了地毯加工厂。他给了众多的年轻人一个机会，他们劳作在核桃园里，在石榴园里谈情说爱，在织毯厂织最美最艳的地毯。他开始红遍天下的时候，核桃市场发生了很大的变化，从前吃核桃的人变成了买卖核桃的人。他的那些可爱的核桃，像人的心、羊的心、鹰的心一样漂亮的核桃，与玉石和地毯一起，红遍整个大地。那些商人，在初春的时候就买下了那些核桃的幼果，于是肉孜在春天里就看到了抓住了金色的秋天。在这个美丽富裕慷慨的大地，肉孜的每一个季度，几乎都是金色的秋天。红的币和红的石榴一起，在肉孜的世界里形成了一种古老的风景。这是他们家族最阔气的时代，没有他们办不成的事，没有人不听他的话，一切的朋友都是笑脸，他在地毯的中心，在人心的中心，财富的中心，金碧辉煌的时候，他父亲在他血里留下的宗教文化和积德行善的做人法则，帮助他完成了两件大事，于是他的名字不仅是在地毯行业、民间更加深入人心，而且也开始在教育界发光发热。他出了一大笔钱，把市里最大的那个清真寺翻修了一遍，在扩建的同时，增加了四个唤礼塔，在伟大的故乡创建了一个风景，而后是在自己的厂子里织出了一千条同样尺寸、同样图案的地毯铺在了寺里。大功告成后，他开始做第二件事，又出了一大笔钱，给自己出生的村里建了一座全新的学校，购买了应该有的一切现代教学设备。当人们的赞美之词涌向他的时候，有一些人眼红了，说他是一个文盲，没有进过现代学校的大门，一定是有高人在给他献策。在有人的地方，不爱地毯的人，什么样的狗日的语言都能讲出来，这是正常的，因为在人群中，有些人的心里，的确也有那么几条虫子，它们在吞吃他人的名望和情绪的同时，也在不知不觉地吞吃自己的生命。地毯给了他无上的荣光，像地毯一样漂亮的人们也像石榴一样漂亮了，因为他们的心里有生活的渴望和和平，笑迎朋友和一切陌生的来客，他们在播种友谊的时候，也延长自己的生命。他们的哲学是友好的哲学，和平的哲学，实用的哲学，因而他们说谁干了活儿，谁就应该吃肉，鲜明地呼喊自己的愿望。这种活泼的，在七岁和七十岁的生灵灵魂里都已生根发芽了的哲学，给这个民族的生活方式带来了永远的愉快和笑容，从而他们以开放的心态对待人世和生活。民间文化对民众的影响是深广的，在千年以前的维吾尔社会，民间文化帮助他们实现了人生中的一个个愿望，他们不断地适应新的变化和要求，完善了自己。在世界工业革命以前的人们，幸运地具备了适应新的文明的基本实质。而辉煌的肉孜更是这种文明的产物，一个爱地毯、使用地毯，在亲人、朋友、孩子们的割礼和婚礼中，懂送地毯的人和一生不买用地毯的人是不一样的，爱地毯的人可以看到生活的几个方面，光明的，美好的东西，一生跟随他的心路，在他的生活中指引他发现美好，自己爱自己。在这样的哲学里，发现和自己一样爱着他们自己的那些人，从而，为善人善事行动起来，不断地完善自己，让人发光，让眼发亮，让脸发光。

  时间啊，你能听到我的声音吗？也可能我平淡的语言没有力量感动你的精神世界，但是在我的心灵深处，有我执着的爱和追求，就是剩下我一人，我也要把我的歌唱完，来证明我从前的纯真和爱。秋天，我来到了阿拉木图，这是一个历史名城，我带来了许多新歌手，还有眼睛，它们都在著名的和田地毯的图案里。半个世纪前，一个世纪前，几个世纪前从伊犁河谷走出去的男人们，他们的后代都来到市场上买我的地毯。他们看到那些地毯，都一个个地哭了，我说什么价他们就给我什么钱，当他们一个个地抱起地毯用那样的眼神看我的时候，我发现了他们的内心世界，他们没有自己的历史，只有沉痛的记忆，他们生活在熟悉的，但不是亲切的一个大地上，他们说他们无法四海为家。

半个世纪前到阿拉木图定居的那个叫图力的老人,把我请到了他的家。从前他是一家工厂的司机,那是苏联时期,后来工厂没有了,他的退休金少得可怜,现在是靠他的商人儿子过日子,他的高大魁梧的儿子茄是一个很有钱的商人,主要是从伊犁进口服装和食物,也走私烈酒,因为哈萨克斯坦不准进口外国的烈酒。这是一个很有钱的人,茄很自信,庄园很大,房子也很多,生活过得相当的好,但是在他老子图力的脸上,看不出他的这种生活。图力说,他精神里没有什么东西。我们谈了很多,他说,只有在晚年的时候,只在有落叶要归根的时候,他才想起了自己是谁,从哪里来,要到哪里去的问题。他说,他就是有金山银山,但他的根不在这里,他父亲的坟不在这里,因而他是一个没有精神生活的人。图力是八十多岁的人了,照常喝烈酒,用大杯,比他小十岁的妻子也陪他喝。谈到他的妻子,他很骄傲,他说,当年,在祖国,她嫁给我,是因为我是幽默大师。我年轻的时候,是笑话大王,整个伊犁河谷,结婚割礼的事,没有我的笑话,是不热闹的。那时,我身无分文,我的妻是嫁给了我的笑话的。我是一个热爱生活的人,当年我们来到阿拉木图的时候,什么也不知道,那个时候,脑子里根本没有亲人、朋友、祖辈的坟头、祖国这样的想法,城里的人、巷子里的人,丢下家院,都一个个地出走了,说要到那边去,要到苏联去过天堂的日子。那时大家都像醉人似的,都带着简单的行装,坐着卡车、马车、毛驴车,向霍尔果斯口岸奔去。城市乱了，口岸乱了，我们的心乱了。那时候我们想，所有的金鱼都在这里，美好的生活也在这里，天堂的入口就在这里。人在年轻的时候，像夏日正午的鲜花，灿烂无比，他的思想也像鲜花那样灿烂柔弱。后来，时间说话了，灿烂的东西是不能够长久的，青年时代是一个人最危险的时代，因为他信风、信会凋谢的季度的花儿，信从后街的情绪屋里传出来的危险的语言，信玩弄人的权术。应当承认，在开始的二十多年里，我们的生活是非常好的，但是后来，各种重压不断地向我们袭来，只有在那个时候，我们才明白我们不是移民，我们是逃民，我们是没有政治地位的人，我们是没有精神期盼的人。时间奋勇前进，苏联解体以后，这一切都十分明朗了，没有什么可以值得隐藏的东西了。只有在这个时候，我们才想起了我们有根。我们男男女女，老老少少，为什么都要靠酒精来麻痹自己呢？就是因为我们在这里没有根。我的一生可以说是个悲剧，我一事无成，我没有留下任何值得纪念的东西。我的儿子茄，的确是挣了一大笔钱，也是一个人物了，这是他的事。我有我的生活，如果我现在能回到从前，我会现在站起来就走人，回到在那个如画的巷里寻找我的童年，因为我的那些好鸽子还在，我至今都能梦见它们，它们在爱的蓝天白云里，回忆在我的手心里吃小米的从前，回忆它们在雨天和我同睡一屋的友谊，回忆它们为了我的欢心而高飞庭院天空的真情画意。图力动感情了，泪水从他的老眼里流了出来。他一点都不像一个有巨额资产的人的父亲，脸上显露着一种苦难，像一个讨饭的人那样，让人可怜，还是那句话，他没有什么精神生活。五年前，他回了趟伊犁，来到了他出生的那个院子，看到了许多亲人，他青梅竹马的那些朋友还健在，他们热烈地接待他，讲他们童年的友谊和情趣，讲他们在西公园大树后面窥视那些洗澡的女孩子们的童趣，讲到了他曾在电影院里亲过嘴的那些漂亮的情人们。他说，那年回来第二天，他和妻子来到了伊犁河，河水仍旧像五十年前的河水那样油亮油亮地静流着，他和妻子婚前曾无数次来到这条爱河前，在星星下拥抱在一起，听鱼讲水里的故事，讲它们和众多的鱼在一起幸福地生长的故事。当他开始温馨地给她说悄悄话的时候，她躺在爱的绿草上，给他数天上的星星。当最幸福的时间静静流淌时，那些激动地窥视他们的星星们，悄悄地从神秘的天空飘下来，把他们围成一个闪闪发亮的光圈，给他们讲天上的故事，给他们讲它们在永恒黑暗的世界里闪闪发光的历史，讲他们在黑暗里看到的一切美丽，同时也给他们讲他们每一次来河边的时候，它们记下的最美好的语言，再一次地给它们唱他们曾唱过的那些情歌。

图力的故乡行唤醒了他沉睡的记忆，他几乎每天都和那些朋友们在一起，热烈地、亲切地回忆他的从前，回到童年，在童话世界里再一次地拥抱那些时时刻刻，每天每月，每月每年都是鲜红的花朵的日子，回到他的青年时代。这是他的国王时期，河谷一切的一切在他的眼里、手里、心灵里，精神世界里都是纯洁无瑕的，最亲的话题是女人、果园、麦西来甫上的民歌，在每年的回历八月十五日那天夜里，和朋友们一起守夜，如果有人受不了小睡那么几分钟,就给他画黑胡子。他说,他的命不好,在那边也是天天吃粮食,也不是吃金子,当年为什么没有和他的那些朋友们一起留下呢?他说,人在应该有意思的时候没有意思,这是人最悲惨的没有意思。我告别了图力,告别了财大气粗的茄,财富给了他太多的自信,他和他父亲是生活在两个世界里,不,他的父亲没有世界,只有记忆和悔恨,而茄是初升的太阳,他的世界是自信的,是灿烂的,因为他所有的记忆都在阿拉木图。

我是你的飞毯,这不是我唯一的骄傲,而是我骄傲的一分子。在这个有着众多的手艺人的温暖人间,我的存在也是可爱的,当我能为人们带来生活的乐趣和方便美丽的时候,我会认为我的一切努力是有意义的。

第五章 我是你心灵深处的汉人街

我是你心灵深处的汉人街。我是一种宽容的存在，我是一种可能，我没有过程，我只是一种开始，过程永远不属于我。我是穷人的街，穷人的食宿地，我是伊犁河谷心灵深处的一个秘密，无论是远方的客还是本地的贵族，都想深刻地、全面地、友好地、骄傲地解读我，但是他们都不成功。原因是，在伊犁河谷的土著人中，没有出现过穷人，民众也不会让他们成为穷人，众多的好汉会把那种沦落为可怜人的人，拉进自己的群体当中，从经济上彻底解放他们。这是伊犁河谷的光荣，他们的祖辈，在漫长的人生路中，给他们留下了这种你帮我，我帮他，众人一起闯天下的好习惯。而汉人街这个名字的产生，是与从各地前来闯江湖的好汉和可怜人的现实紧紧地联系在一起的。最早，我最好的语言就是在这个市场里诞生的，那个时候，我两手空空，没有方向。我的生活中没有风，也没有盐，更谈不上有我的朋友。我来到这个市场的时候，这里已经没有汉人了，都是从新疆各地来的维吾尔人，天生对市场有缘有命的维吾尔人都聚集在这里过日子了。主要是从和田、喀什、乌鲁木齐、阿图什等地来的汉子，都是头上有难，心里有事的有难人。也因而，伊犁的饱汉和原住民不能也不可能从精神上理解汉人街的形成、发展和它在今天的作用。三百年以前，汉人街是从俄国回来的一批汉人的生活社区，他们在远离市中心的这片净土营造了自己的天下，过着自己宁静的生活。这批汉人最早是从东北入境去俄国的汉子，为了生存，他们又取道阿拉木图进入了新疆。因为他们的到来，市东面的那片有河有草有田的开阔地，变成了汉人的一个生活区，土著人就给他们起了这么个名字。后来，这批汉人休养生息后，一个个都回东北老家去了，不愿回家的，也搬进了生活条件较好的市中心了，而这个名字，永远地留在了这片土地上。后来，那些从这里成名发家走出去的众多的游子，把这个名字和这里的爱和情都带出去了，因而这个名字在全疆，在西北，在中亚叫响了。

汉人街是一个亲切的市场，有人气的市场，给人众多的思考的市场。到伊犁河谷来的游人，都要到这个市场来走一走、看一看，不是买东西，而是看东西、看人，寻找从前，努力地争取能找到一些灵感，也因而它神秘。其实，这种神秘是伊犁民族文化独特的一种存在形式，从而它在陌生族群文化者的眼里是奇特的，需要解读的。特别是伊犁的民族文化，每一个民族，都有自己鲜明的特点，但同时各民族之间又有一些很精彩的借鉴，这种借鉴在漫长的生活交往中，丰富了各自的文化和习俗，从而共同地发展了地方文化，这种文化的努力方向不但是金窝银窝，也是关注那些弱势群体，到他们的生活中去，到他们的情感中去，和他们交朋友，也在这个共同的土地上走完各自的人生。

几年前,从内地来了一位学者,他向我提出,想到汉人街去看看。他是一个有名的学者,是带着爱人一起来的。我不知道是真是假,是妻还是妾,是依附还是游戏,反正是一个女人,和他睡一个大床。我把他们带到了汉人街。他喜欢上了这里的乱,说这种乱而有序的市场才有它的活力。他是专家,看出了一点名堂。我们来到民族中草药区域,先生抓了一点红花,向妻说,这种红花也可以泡茶喝。我说,我们这里的树叶也可以泡茶喝,只是我们还不习惯。先生笑了,说伊犁人太幽默了,把任何一件事,都可以往笑话上引。我向他说,汉人街是一个有魅力的市场,因为在这个市场上什么都能找到,就是鸡的奶水也能找到,什么样的人都能找到,有人上人,也有小人和卑鄙的人。我把先生和他的爱人请到了一个小吃部里,那里主要是卖面肺子和香肠的地方,是在羊的甜肠里灌大米,放一点香菜,煮熟后卖钱。特别是汤很好喝,身子不舒服的人、喝醉后第二天头疼的人、让老婆骂了三天三夜的人,都要到这里来修整自己的身体和情绪。如果被酒咬住了,再喝两杯解酒,一切都会好起来的。先生和爱人吃得很高兴,说在这个小吃里,有你们维吾尔人的一种生活方式,太香甜可口了。

汉人街是一个说不完故事的地方,因为在漫长的几百年里,这里发生了太多的故事。我特别看好这个市场,我来过无数次,一是这里要什么有什么,二是这个市场自由,吃喝玩乐干什么都方便,东西便宜,客人们和小商贩们都客客气气,绝大多数都是回头客。小商贩接待客人的时候,不像市中心商场里的那些售货员，莫明其妙地笑，而是平静地、正常地向你介绍自己的东西，用一种百年前的自然和真实来接待你。我只要一到这个市场，就会产生一种活力，情绪上立刻热烈起来，因为，你在别的地方几年搞不懂的人和事，在这个市场里一天就可以弄明白，那些直露的人和事，让你再一次地发现近年来的你，让你搞懂生和死之间的一些主要的东西。于是我们会感觉到，我们在这个世界的时间不是百年千年，也不是三五十年，也不是七八十年，只是短短的十年。一岁到十岁，母亲姐妹兄弟们逗我们玩，说明天要让我们坐飞机高高周游世界。十岁到二十岁，老师玩我们，用纪律，用听话和不听话，用分数来玩我们。二十岁到三十岁，我们自己折磨自己，只有四十岁到五十岁的那十年才属于我们自己，有想法，有力量，能说会道，所谓的爱情不再欺骗我们，我们基本上能认清我们自己的嘴脸，以后的日子就基本上不属于我们自己了。总之，我们会发现那条很长很长的路，原来是很短很短的。我累了的时候、无聊的时候、心情不好的时候，都要到这个市场上来，汉人街静悄悄地欢迎我的到来，特别是夏日的周末，总是要来一趟走一走，寻找我的从前和现在。多年来，我在想这样一个问题，河谷的许多人每天都要到这个市场上来看一看，玩一玩，买些东西走人，他们到底爱这里的什么东西呢？我认为人们看重的，是能和这里的人们交流对话机会，无论是什么样的人，无论是贵族还是大款，一进到这个市场，他们都用穷人的眼光看人和看东西，都用穷人的口气说话，这是最主要的一面，所以人们自然而然地爱这个市场。这是一个讲真话的市场。周末,下午的太阳热烈地照耀汉人街和客人们的时候,我就挎一黄色的帆布包,走在人行道上,和匆匆的行人一起来到汉人街,享受和体验这里独特的风情。包里有酒和酒杯,还有一条毛巾。我首先转,认真地看每一个小商贩的摊位,寻味那些商品的价位,而后来到那些卖烤羊肉串的师傅前,靠着墙坐好,美美地品尝他们一流的烤羊肉。整个汉人街的一个特点是:这里的环境差,但东西货真价实,像这里的人一样真实。烤肉也是这样,胡子师傅认识我,一次只递我两串。当师傅第二次给我递羊肉串的时候,我就隐蔽地打开帆布包,在包里倒一杯酒,四处张望一下,猛地一大口喝下去,长长地出一口气,吹散劳累。这时,师傅再递两串烤肉过来,我美美地吃着,再看那些各种形态的人们,愉快地想我的心事。我这样偷着三杯酒下肚后,四周的汉子们就会变成画家哈孜·艾买提名画上的人物,那些感情丰满的汉子们,在羊市上讨价还价,那些可怜的人们在财主的欺压下抬不起头来。而后,画家列宾的伏尔加河纤夫们会向我走来,那些伟大的汉子们,咬着苦难的心,给贵族们运送供他们吃喝玩乐的用品。我的泪水会不知不觉地流出来,我思考苦难的生活和幸福的生活。他们之所以是伟大的千古画家,是因为他们在意识形态的世界里抓住了贫和富的两大主题。我们在同一个太阳下过着不同的生活,不是物质的贫穷就是精神的贫困,他们的画笔之所以有力量,因为他们用自己不朽的作品,唤醒了那些麻木了的心灵,唤醒了他们的记忆。而后画面上的那些人就会变成我的祖父、祖母、母亲、父亲、兄弟姐妹，我在我家族的海洋里遨游。于是这一切，和我眼前的各种各样的人一起，深入我的记忆，作为我的精神财富，伴我的日月，赐我信念和力量。这样的时候，我就会听到人们之间的对话，他们的烦心和苦难，让我的心不得安宁。我思考这种不幸的根源，从而我努力地了解生活在贫困线上的那些人，主要是了解他们的精神世界，给我自己提出问题。在发现并为他们的品德叫好的同时，也为他们的贫穷而悲伤。在这个特别的市场，我们可以学到许多东西，每一件事，每一个人，每一种叫卖声，都是我们的老师，能生活在这样的人群里，是一个一生要有所作为的男人的机会，因为这里没有且听下回分解的悬念尾巴，所有的人都打开窗子说亮话。也因而从这个市场里走出去的人，要比那种一辈子靠父母的银子读完了小学、中学、大学的人懂事，他们能适应一切环境和机会，在任何一个陌生的地方，当天就能找到朋友，他们更加实际、直接，因为他们的规律是直面生活，生活第一。因为他们有想法、有经验、有办法。这是一个非常美丽的现实，这里的秘密是什么呢？秘密在于生动的市场环境和时间第一的市场要求，教育了他们。这种生动指的不是赢，不是大把大把的金币，也包括输和风险，这才是真正生动的市场、血液循环的市场。如果一个市场里没有赢家和输家，那么从这里走出来的人，不会在社会的任何一个行业里有所作为。赢不是最高的智慧，输才是隐藏的智慧。生活中，一些人在苦苦奋斗的过程中，已经完成了自己在各方面的原始积累，当他们在一些人和事中不高兴的时候，发现有人耍弄他们的时候，就向对方来一句，请记住，我是在汉人街长大的人。这么一句就够了，这句话里的动词、形容词、名词足够对方琢磨了。你怎么解释这句话都可以，因为汉人街经历的太多了，几百年来的风风雨雨，在这片土地留下了太多的东西，有爱，有泪，有机会，有成功，有经验，有意志，有自信，而这一切是讲不完的。今天，值得我们高兴的是，从这个市场的心脏流出来的那条清水河，没有带走从前的一切，它存留了我们的记忆，这是今天的美丽。

在那些亲切的夏日周末里，我穿一拖鞋，手上是旧衣服，自由自在地来到这个市场，和人们交谈，和他们的好情绪共度有意义的一天。当然，不能把头发梳得光亮光亮，如果穿新衣服来，那么，人们就会把注意力移到你的身上，搞得大家都不自然。汉人街没有门面，没有那种假笑，假点头哈腰，假艳丽的女招待，有的是人人都用真实的、友好的态度面对每一个人的汉人街风格。在广告和微笑太多的市场，商人们的利是成倍的，而在平静的汉人街，他们的利只够他们当天吃饭。这里的商人基本上都是过日子型的买卖人，不同的经历和磨难，夺走了他们的梦想和大胃口。有的人根本就不是什么小商人，只是一些活着的人。在汉人街的人行道上，有一些卖乌斯曼眉草的女人，她们都是六十多岁的长者，我曾有机会去过她们的住所，她们住在靠坟地的那片无人管理的区域，自己建太简陋的土墙小屋，艰难地生活下去。她们出售的那些眉草，也是自己种的，房前的那块空地是她们生存的宝田。一小把眉草只卖一块钱，夏天她们还能过去，冬天日子就不那么好过了。这些人的日子让我们思索，市场不是一切，政府的行为和力量在有些时期是决定性的。我曾经想过，那些母亲们为什么落到了这步田地呢？她们的儿女们何在？为什么？是什么原因？然而我更加关心另一个问题，她们整天坐在那个人行道上为什么卖不完那么几把眉草呢？而我们的那些仙女一样的姑娘们，为什么不用眉草呢？为什么要在那样的好眉上使用化工品染眉呢？类似这样的问题是很多的，我们在逐渐地忘记和失去我们美好的东西，当我们大讲市场的可爱和万能的时候，往往忘记进不了市场的那些人们，他们不一定都是母亲，也可能是年迈的父亲、天真的儿童，总之，在愉快的酒宴和欢快的场合，我们有太多的热情、太多的理想，但是我们没有具体的行动。这是我们的悲剧，是我的那些朋友们的悲剧。我们在嘴上、心上十分地同情那些弱势的人们，但我们的行动太少。汉人街需要更多的爱。

我曾去过和田的一个乡村，在那个可爱的地方生活了一段时间，那些日子是我不能忘记的。在阳光下，我和那些新认识的朋友们一起玩聚会、唱民歌、弹民族乐器、感受民间的友谊和乐趣。一天，税务所的所长领着我上街了，我们来到了乡里最大的一个市场，从前，在千年前，这里叫农贸市场，而现在，城里有的一切日用品都能在这个市场里找到。税务所长在这里是大人物，市场上的人们见了他都要点头哈腰。这里的民风很有意思，我不知道该怎样评价他们的生活方式，只要他们见到穿制服的工商、税务、公安上的人，无论是不是领导，无论是不是所长，是干部还是职工，一律称所长。而那些人也很乐意他们这样称呼自己。下午我们回家的时候，所长从每个打馕师傅的馕房前买了一个馕，我说，这么麻烦，还不如跟一个师傅买呢。所长说，我不能这样，我只买赛买提的，不买艾买提的，他们会生气。当时所长的这个回答，给我的启示很大。我看到了他内心世界里和谐为贵的哲学。在我们的市场上，自古存在着那种互相尊敬、敬爱对方的品德。在我们的历史上，这一点是非常重要的。这是一个对一切的人都给机会的市场，货物便宜，每一个人都能找到适合自己的经济条件的东西。

夏天的汉人街更是迷人的，东西更便宜，这里的饮食在全市是最便宜的，不是这里的人便宜，而是这里的原料便宜，房租便宜，更重要的是这里是最基层的市场。大家手里就那么一点钱，在市中心的饭馆里买十块钱的一碗菜面在这里只卖五块钱，不是美元。我曾在上海浦东国际机场的饭馆里吃过五美元一碗的牛肉面，那个钱可怜地从我的手里出去了。素抓饭五块钱一碗，包子也是那样便宜。在初春的时候，我们都要品尝苜蓿馄饨，这种吃法历史悠久。初春的风从伊犁河的心脏吹过来的时候，候鸟在爱的庭院葡萄架上开始鸣唱的时候，怀春的倩女们微微地张开嘴唇和春风接吻的时候，家家户户都要想今天或是明天吃一顿苜蓿馄饨的事。说想，是要专门去到汉人街里买苜蓿，因为别人的市场里没有卖嫩苜蓿的人。因为苜蓿，我们会再一次地想起可爱的、记录了我们生命历程的、伟大的汉人街。前辈们的说法是，人整个冬天吃的都是鸡鸭鱼肉，初春多吃苣荬馄饨，可起净化肠胃的作用。在这一个月的时间里，汉人街的那些饭馆基本上就卖这种苣荬馄饨，而这种饭也只有在民间基层的食堂里才那样的香甜。这时候的汉人街会接待许多的贵客，基本上都是坐十几万、二十几万、三十几万、五十几万元小车的有钱人，他们随便停车，直直地进饭馆。当初春吻醒伊犁河谷亮丽动人的爱眼的时候，汉人街的生意就会活跃起来，穷人们会看到更多的富人，原来是这样灿烂地活着。我们从小深爱这个有人味的市场，如果你有一天买了一些东西，突然发现你忘了带钱，那么小商会说，下次来的时候补上吧。因为他信你下一次会来，因为在他的心中有信的信念，这是他们克服一切困难，坚定地走完一生的保证，因而这个市场人气不断。

　　最早的时候，曾带着我的几个朋友来过汉人街，开始的时候，他们满脸的不高兴，说，在这里吃饭，卫生不行。我说，我们喝两杯，消毒。后来他们喜欢上了这个市场，常来了。有时给我打电话，说，如果晚上不怕老婆不给开门的话，那么就来吧，哥们儿。我说，上哪儿？还能上哪儿啊，我们在你的那个好市场。他们总是说汉人街是我的市场。说是我让他们爱上了这个市场的。在二十多年以前，一些人基本上不敢吃这里的面肺子香肠和羊杂碎，在二十年后的今天，他们开始看好这种小吃，原因是多方面的，一是环境开始好了，二是换换口味，三是在民族小吃中，面肺子有一种天然的浓香味，这些东西也吸引他们的食欲。而从大的方面来说，这也是一种饮食文化的胜利，就像一些土著民族也接受了汉人的菜那样。

汉人街是一个慷慨的市场，它像一个喝醉了的人一样，邀请一切人都来光临他的酒宴。在漫长的那些年月，它热情地接受了来自各地的投奔者，给了他们机会，让他们安心地在这个市场糊口，在赐他们足够的力量和心路以后，把他们送到了一个更大的市场。也因而众多的人为这个市场的平安繁荣灿烂祈祷，在灵魂里不能忘记它的宽容和伟大，汉人街是说不完的。

我不能忘记在"文化大革命"时候的汉人街。好像汉人街的一切都乱了，但它内在活水仍旧那样鲜亮，仍旧那样可爱地畅流。那个时候主要是人心乱，市场管理委员会的人每天来到市场，连一根驴毛也不准买卖。公家的人下班回家的时候，在夜里，一切买卖又照旧进行。人们需要商品交流，才能活下去。只要有钱这个万能的魔鬼，就能买到吃的东西，那个年代，主要的问题是吃饭问题。那个时候的人和现在的人是不一样的，现在的人肚子虽吃饱了，但他们的心没有吃饱，他们的眼睛没有吃饱，他们争太多的东西，争名争利，争女人争权力，可以管住一个城市，但是管不住一个女人。唯一不争的是自己的人格，因为他们不信人的好名声也是他们的遗产的一部分这样的一个千古真理。他们信不该信的东西，在自己的悲剧里走完自己的一生。那时候，市场管理委员会的人是很风光的，社会生活的聚光都在他们的头上，就像现在在电视台、在税务局、在银行工作的人那样风光美好，人见人爱。那时候他们一出门就是抓人，那些来不及跑的小商们，落在他们的手里后，最大的问题是，没收他们的杆秤。因为那年月，能找到一杆秤是非常难的，有钱没那东西。第二天，就有许多的小商们来到市场管理委员会前，求情，说好话，说那是借别人的杆秤，行行好。但是没有人听他们的话，那个年代，我曾见过市管会院里一大库房里，千百个杆秤像可怜的孤儿似的，东倒西歪的潦倒可怜相。而今天的社会，走上了一条人类固有的健康发展道路。现在叫工商局，干部们开始向那些没有秤的小商们发秤了，给他们货款，帮他们寻找生活出路，这是天和地的区别，是人类的进步和社会的幸福。我们从不准搞市场到后来的限制市场，到以后的根据市场的规律扩大和开发市场的举动，在这个古老的国家解决了两个问题，一是和外国人做生意的问题，二是建立了有我们特色的市场经济这个大树。

在这个美丽如画的河谷，汉人街的魅力是抵挡不住的。我们都有自己的秘密，在汉人街，我们都努力寻找那个属于我们自己的鸡奶。实际上，这个鸡奶是不存在的，但在我们每一个人的心里，都有这样的愿望，我们也知道，在我们的一生中，这样的愿望是不能实现的，但是我们不丢弃这种理想，在灵魂，不放弃我们心中的梦。也因而我们爱市场，理解也喜欢市场的那种乱，因为在我们的精神里，多少也都有这种没有规律的东西。一个人，不可能完全地脱离这种没有规律的生活。如果我随便问一个人说，你为什么喜欢汉人街呢？他会说，这里的东西齐全，便宜。是的，这里的东西便宜，而且要什么有什么。但是，事情没有这么简单，便宜和贵，是相对的。一百年前，从新疆各地涌向这里的开拓人，抓住机会，在这个人情市场里发展了自己。现在他们的后人，基本上都是新一代贵族了，发展自己的同时，也积极地支持着社会的慈善事业。慷慨大方的汉人街，培养了一代代聪明大方，有馕大家一起吃的男子汉。如果可能，准许给汉人街立碑的话，我想它的内容应该包括这样几个方面：当然要立在十字路口很显眼的地方。群像里应该有寻找生路的异乡人、小商贩、苦力、手艺人、受害者、用受伤的语言歌唱的浪人和幸运者。创业的过程是很苦的，但也是最美好的。因为我们的记忆在最后的日子里，可以骄傲地回忆那些激动人心的日子，从而我们深刻地认识贫困的本质。感悟伊犁民间的特点，其实就是汉人街宽厚大方的市场内涵。

这是西域讲不完的一个市场，有关它的话语，在每一个可爱的夜晚，在千家万户的故事里，也是说不完的，这些故事，在今后的一个世纪里，也是激动人心的神曲。因为在几百年的风风雨雨中，它见证了太多的苦难和欢笑，记录了时代的情绪和阳光灿烂，它也是这片河谷最早的摄像机。

有一年，我和父亲来到了这个市场，我手里是父亲交给我的面袋子。那个年代，有一个好的面袋子都不错了，我们总是离不开那种缝补了好几处的面袋子，那是汉人街里最有名的磨坊，河谷里所有的男女老少，闭着眼都能找到这个可爱的生命磨坊，就像一个年迈的老太太讲的那样，男人再傻再老实，也能找到女人的房子。水是这个磨坊的生命，磨坊里里外外，每天都是人山人海，买和卖的人手里，都有一个面袋子，大家在一种恐慌和不安的情绪里交易。在我们身后的磨坊，在水的玩弄和人的玩弄下转动,我们走过来走过去,转过来转过去,为了能买到一袋半袋面而发愁。那些卖面的人也拿着一个面袋,装成买面的人侦察情况。因为市管会的人抓的那些卖面的可怜人,基本上是农民,有极少数的二道贩子,抓住了,关几天,对他们不是什么事,主要的是没收手里的面粉,这才是致命的问题,全家人的生活就在那一袋半袋面粉里。那个年代,市管会的人,把那些从各地来汉人街搞买卖的人抓起来,带到收容所关起来,没收他们的面粉。十几年以后,伊犁民间开始流传这样一个笑话,一天,一位伊犁土著人问从外地来的移民艾买提,近来忙什么呢?艾买提说,伊犁这个地方太好了,有一个叫收容所的地方,把我们关进去了,整天吃糊糊白馕,我想回家乡,把岳母也带来。在伊犁的民间,这样的笑话太多太多,那个年代,就是手里有钱,都买不到面粉,因为政府不允许自由市场存在。市管会的人装成买面的人,专抓那些卖面的可怜人。这样,那些卖面的人也不急,你问他的时候,他也来一句,我也是来买面的,你有吗?双方反复地试探几次以后,弄清对方的情况以后,认准不是市管会的探子的时候,才小声地说出价位,讨价还价。那个年代,民间都用俄国的计量单位,一普特等于十六点三八公斤。那天,我已故的可怜的父亲,费了太多的心思,好不容易找到了一个卖面的人。那人示意我们悄悄地跟他走,像电影里的地下工作者那样神秘。我们走出市场,来到一个巷口的时候,那人神秘地停下了,观察了一番四周,又示意我们跟着他,我们走进巷子里,随他走进了一家庭院,他给我们称了一袋面,收好钱,要我们自己走人。那个年代,每一个人的口粮都有问题,粮本上的定量不够吃,大家就这样各自想办法。那个年代的生活太艰难了,如果谁家要办事,面、油、米都是大问题,要准备几年才能办成。如果请一百人吃饭,多来五个人,锅里就没有抓饭了。人和锅一样难看。一九七六年十月十五日,我敬爱的父亲到另一个宁静的世界里去了,那时候我在一个乡村接受再教育,在要给慈爱的父亲过四十天的时候,我从生产队里解决了一麻袋稻子,这对我们全家都是一件大事。但是我拉不回去,很长时间里都找不到便车。一天,从城市来了一辆拉冬菜的车,我向司机讲了我的情况,把稻子装上了车。车厢里没有座位,我坐在了麻袋上面,车走到半路的时候,天黑了,下起了大雨,我全身都是水,好像这人世的雨水只下给我一个可怜人似的。到家的时候,我背着稻子走进了屋子,那天母亲很感动,看到母亲,我的心里顿时亮了,不觉得累了。那个年代,最大的问题是粮食问题,是吃饭问题。现在的男人们,喜欢奢靡的游乐场,那时的男人们,全心全意地想着干活,找粮食。伟大的夏日来临,我们就到旱田里割麦子,都是青年人去,集体生活是很热闹的,我们像一个家庭里的人那样友好相处,收工回来,吃过饭,夜从城里的方向飘来看我们的时候,我们用友爱万年千年的民歌欢迎它们,我们的精神生活,越过麦田,去远方旅行,民歌把我们心灵的希望,带向新的天地。这样的时候,我是非常愉快的,我昂头看天上的星星,它们祝福我们神圣的歌声。旱田的日子是非常有意思的,我也和朋友们一起为自己拾麦穗。那年,我拾了一麻袋麦子,母亲非常高兴。如果我会绘画,会全心地画这样几幅画像,一是用我热情的笔画下稻田里金黄的稻子,二是画旱田里在热风下骄傲地歌唱的麦穗,也画麦田里的清香,画在田边孤独地挺立着的那些零乱的麦穗。第三,我要画下我们的厨娘,她是我记忆里永不凋谢的鲜花,在风雨来临的时候,赐我坚守的信念。她有两个儿子,她的男人死后,家里的重任都落在了她一个人的身上。在那个年代,无论死男人还是死妻子,都是很伤心的事,不像现在的人们那样想得开,满嘴是自我安慰和兴高采烈的词句:中年男人有三大幸福,一是升官,二是发财,三是死老婆。死了老婆就可以很自然地续十八岁的古丽娜尔或是古丽瓦娜,都是很美的事。艰苦的生活,把厨娘脸上的光亮吃光了,苦难是天下最难看的东西,是比驴的杂毛还要难看的东西,如果它是一个东西的话。

有一天,夜里收工的时候,我们很自然地谈起了苦难。这个伟大的母亲说,我这一生,最恨的东西是贫穷。我至今都没有忘记她讲这句话时的神态。推翻贫穷,消灭贫穷是我们伟大的目标,但这很艰难,要一代代地贡献自己微小的力量,把信念和爱传下去,让后来的人知道,如果苦难存在一天,那这也同样是我们没有忧愁的人们的不幸。厨娘做饭的手艺是一流的,特别是她的手工拌面很香,我每一次都是吃两碗。夜,我们都围在她的身边等她开饭,姑娘们帮她干活,冒黑烟的煤油灯,照亮她弯腰干活的形象。我们小声地唱情歌,姑娘们的对话声和我们的旋律结合在一起，温暖我们可怜的心。食堂里会变得十分的热闹，年轻的厨娘背着小儿子干活，天下苦难的人在未来的希望里忍受着贫穷，等待着安康的时光。在那个年代，这样的画面是很多的，为了生存而咬牙过关的悲惨场面是很多的。我看过一幅叫《拾麦穗》为题目的油画，那是一个伟大的法国画家的千古名画，画面上是两个中年妇女弯身拾麦穗的形象，用色、技巧、背景，作者的美学追求和哲学意念，都叫我十分地感动。主题是伟大的麦子，其实是伟大的人。无论什么样的艺术，如果中心和最后的目的不是人，就不会存留我们的灵魂。

  这些日子都过去了。我们笑也好，哭也罢，苦难教会了我们许多东西，丰富了我们的哲学思想和生活经验。有一年，我背着一袋玉米，来到了汉人街的那个著名的磨坊。磨坊里还是那样人山人海，在天黑了的时候，才轮到我，我磨好面，在伸手不见五指的夜里回到了家。我至今都非常地喜爱磨坊，对磨坊有一种本能的热爱，无论在什么地方，只要看到那些古老的水磨，我都要停下来，走过去，面向它的尊容，和它无限风光的过去对话。它们不仅仅是石头、木头、砖，也是我们的历史和文化，是我们的情感记忆，也是我们的情绪，也像汉人街一样有讲不完的金故事。现在，二十多岁的孩子们是很幸福的，他们懂得很多，懂我们不懂的东西，让万能的安拉护佑他们的身心健康。然而，从另一面讲，他们可怜而弱小，他们不懂我们的过去，不了解我们的文化中最值得我们骄傲的那些方面，也无法理解我们的磨坊情结。当然，我们有许多困难，但我们不能丢弃这条连接着我们精神文化的老绳。我怀念磨坊里的那种特有的麦香和玉米香，与人身上的汗味混合在一起的那种味道，当然，这里的空气不是最好，因为来这里的每一个人，也都不是我们理想中的那种人。只要是人，在我们的身上，都有一些让人讨厌的部分，因为我们出生的时候，就是哭着来到这个世界的。有时，我们在生活中出丑，有时，在朋友们当中、在亲人之间没有了脸面，因为在生活中，我们不可能在一切的时间里，都是大哥英雄，孝子好汉，儿子娃娃。有的时候我们口是心非，有的时候我们是两面人，有的时候我们侮辱了别人干净的床，我们也就无法面对时间和人格的镜子。于是我们可怜地默认人性的弱点，我们会发现，在人性的本质里，存留着一种固有的丑陋，它阻碍我们成为一个完全的人。于是我们学会了宽容。在汉人街河滩上面的那个水磨里，我们可以找到各种不同的心灵，有不同的声音，有各种不同的味道，有劳作者的汗味，有从远山畅流而来的甘水的甜味，有不停地转动着的大磨石的味道，有磨坊主的叫声，有从穷人的眼里流出来的苦难，有一天百次地进出磨坊找不到面的可怜人。这一切，向我们讲述活着的艰难和人心的紊乱。

　　水磨，它是一个民族的血脉朋友，如果我是画家，我会把汉人街这座养育了众多人的磨坊画下来，把那些进出磨坊的人们的情绪都画下来，画出那些补了又补的、可怜的面袋子和麻袋，会把我们历史上补了又补的那些年代，介绍给我们太不懂事的孩子们。我会把这一切画成永远的证书。在我去过的那些地方,我见过许多磨坊,但它们现在都不复存在了,人们不是为了那些木头和古砖,而是为了能得到它的位置,把它们都拆掉了。而在较远的一些山村,因为没有河水的原因,水磨都停了下来,不再转动了,它们没有笑到最后。有的磨坊永远地留在了无人的远处村庄,那些高高的艾蒿包围了它们,看在它们从前的风光和脸面,默默地和它们做伴,护卫它们的神灵不受侵犯。当你走进磨坊的时候,你会看到一个没有钱、没有权的可怜的老人。从今以后,在这个可怜的土地上,不会再有人为它们说话。当你拉开磨坊在风雨的凌辱下没有了荣光的大门的时候,你会看到磨坊里一位千岁的老人向你走来,他热烈地拥抱你,向你讲述这个千年来最吃苦受累的磨石的幸与不幸。关于磨坊,我在一篇文章中读到过这样一个故事:在德国,在扩建城市的时候,政府决定拆除一位老人祖上留给他的一座古老的磨坊,但是没有人能说服这个老人,最后市长出面了,请求他支持市政建设,可以给他另划地皮,给补偿金。老人说,我不要钱,也不要地,我只需要祖辈留给我的这个老磨坊。市长同意了,下令说,不要动这座老水磨,市政建设计划不变,让这个磨坊作为一个风景留着吧。而现在,这个水磨房变成了那座城市最热闹的旅游区。从世界各地来的游人,来到这个磨坊前,回忆自己在生活长路中与磨坊有关的过去。我从这个故事中悟出了这样两条简单的道理,一是尊敬那位老人的权利,包括他的情绪,这便是异国文化中以人为本的一个例证,这里的意义是全面的。在一般的情况下,我们从怎样对待这类具体的人和事的行为中，从一切的小事小问题中，可以看出那个文化的力量和它在世界文化中的作用。看起来，这只是尊敬一个老人对他的上辈的爱和思念，实际上这是尊敬民族的情感世界，这里的人文关怀是最了不起的一种精神力量。这样的例子是很多的，正如我在一篇作品里读到过一个故事，一小子对自己的老婆没有感觉了，决定休了重娶一个水灵的倩女。他女人没有法子，同意了。当妻子告别他走到门前的时候，她想起了什么事，回到卧室里，把窗帘拉上了，并向他的花心男人说，平时不要把窗帘拉得太大，阳光会把墙上的名画照坏的。一直在看着妻子动作的那小子，听完老婆的最后一句话，顿时改变了主意，决定不离婚了。妻子金子一样闪光的心征服了他。真情，人文关怀，在世界的任何一个地方，都是闪闪发光的金子。另一个问题是，那个民族文化中对讲"不"的人的理解、宽容和认可，在尊敬这种"不"的基础上寻求解决的办法。如果那位长者同意了市长大人的请求，那么也不会有现在的那个旅游磨坊了，一片美丽的风景就不存在了。这些人和事，会指引我们思考许许多多的人和事。

汉人街的杂碎市场是很有名的，特别是羊蹄羊头市场在全疆知名。清晨，天未亮的时候，市场里就是人山人海了，最好的羊蹄和羊头，在天亮前就一个不剩了，老顾客们老早等着，热乎乎的，买走了。以后推来的羊头和羊蹄，就不是那么一回事儿了。都是同样的东西，不同的是味道，是师傅的技术。一般大家都叫羊蹄市场，一年四季，这个市场里都是人气不断，吃上瘾的人们，不管刮风下雨，为了那香幽幽的羊蹄，几十年如一日，脚步不乱，勇往直前。在那些年，我吃羊蹄吃上了瘾，好像是天天来，特别是喝过酒后的第二天，一定要到这个市场里来过一次瘾。清晨，偷偷地从老婆温暖的怀抱里溜出来，到汉人街来吃羊蹄子。那些早到的汉子，都是前天晚上大喝大醉了的男人。有的时候去早了，就转悠着等。师傅一到，我们就开始大吃他清香可口的羊蹄子。吃好后，我总是要给家人带几只蹄子和一只羊头。后来一个医生朋友给我讲了一句，说，注意，吃多了对身体不好，会生病的，这东西是高血压症的朋友。这样我才收场。回想起来，那些年，基本上都是三五天一次大吃大喝，看来这喝酒的人都是嘴上没门，脸上没脸的人了。从前好酒的人，主要是找好酒，现在是找下酒的好东西。

在不同的年代，汉人街创造了不同的机会和美丽，这是一个弱势群体比较青睐的一个市场，也是能给他们一些机会的市场。各种各路人等，它都欢迎，不问你是谁？从哪里来？做什么？汉人街的牛羊肉批发市场也是一个很大的市场，全市的肉都是从这里批发出去的，也是天不亮就人山人海。我每去一个新的地方，都要观察那里类似汉人街的综合市场。通过对比，我就会知道，汉人街是清晨开得最早的市场。一些城市的市场，早晨天大亮后才开市，这和当地的节奏和人们的习惯有关，也是一种生活方式了。因为，一日之计在于晨的道理，在所有的人群里，认识是不一样的，有些道理，莫名其妙地变成了午后的曙光。

几年前，我在哈萨克斯坦国的阿拉木图州，参观了一个肉市，那才是真正的肉市。那是一个高而大的巨型拱厅，面积相当大，是用钢板造的一个独特的市场，凉爽，在这个井然有序的市场里，最忙的人是卖肉的人，基本上都是四十岁左右的女人，她们肥大、精明、双眼有神有话有情有爱，让人过目不忘，要是你们的眼睛对视了，你的贼心就发酵了，对方的眼睛就会说，怎么着，我的朋友，不来看看我的肉吗？都是一群友好的刀手。我来到了一个卖马肠子的铺面，他们做马肠子的工序很简单，都是鲜肉，你需要多少，他们当即就给你做，让你放心，实在。我在一些贵族的家里喝过酒，都是这种未熏过的新鲜马肠子，特香，马肉真正的味道出来了，盐力稍过，这就是技术，不然，我们吃不出马肉的原味。品尝过了，几杯酒以后，再来一块，你就感谢那个陌生的杀马人，因为杀马放血，也是一种技术，决定着马肉的醇香。你更感谢那个请客的朋友，不忘这个家园。阿拉木图人，接待客人的方式，是唯一的，那才是真正的玩，是大玩，我们在伊犁能喝一斤就觉得了不起了，原来，这吃喝玩乐的祖师爷，还在阿拉木图！也只有他们懂，什么是生活，什么是做事，什么是对酒当歌。酒桌上没有性别之分，一律开怀畅饮，全是天堂里的好儿女，男人都是国王，女人都是飞来舞去的仙女！这都是因为那个好马肉，才这样大吃大喝。在伊犁的汉人街，也有这样的马肉马肠子市场，天蒙蒙亮的时候，那市场正是红火的时候，买的眼睛们和卖的眼睛们，迅速对接，闪亮的屠刀开始说话，最好的早晨开始尽情地歌唱。

我是你心灵深处的汉人街

汉人街是一个博物馆，是留在我们心中的博物馆。汉人街的煤市也是一个独特的存在。最少也有二百多年的历史，卖煤的人都是用毛驴车从遥远的煤矿拉煤。卖煤的人群中有百分之二十的男人是中年人，百分之三十是少年，百分之五十是青年人，他们都是能独当一面的硬汉，当年，艰难的生活把他们推到了这条生路上。冬天的时候，少年卖煤人是很可怜的，在寒冷的天气里，他们为了能卖出一车煤，要付出太大的代价，在这样的季节里，寒冷更爱弱势的穷人，不给他们机会。他们卖的是热能，但自己却热不起来。安徒生的《卖火柴的小女孩》讲的也是这个事情。而实际上，好多年过去以后，我们应该给当年那些未能读书的少年煤人立碑，他们在那个年代吃尽苦头，咬牙坚持，给自己和民众，创造了延续生命的机会。他们付出了时间、年龄、青春。那些家庭的孩子们，在热炕上欣赏爷爷奶奶的故事的时候，少年煤人在寒冷的汉人街，为卖煤而冻得发抖。狗日的命运，瞧着一句话不说。今天，我们应该说一声谢谢，这是一种非常简单的感恩，其实，从哲学的后窗上窥视，这是感谢我们自己，是我们未来有大福的预兆。今天我们已经看清楚了，因而我们是未来的朋友。年代追随着年代，许多孩子成长起来了，他们当中也有那个年代的少年煤人，这又是一例"穷人的孩子早当家"的实证。在人的天下，他们熬出来了。

如果伊犁有两大骄傲，一个是煤矿。千年来，让这个河谷人见人爱和名声在外的一个基础，是她的煤资源。如果没有这么多的煤矿，伊犁的森林、树木、山草都不会是现在这个样子，都会烧光的。伊犁的自然森林也会完全地消失,而后,你还能在这个人见人爱的汉人街市场里,买到最好的佩刀、折刀、肉刀、菜刀吗?从前的刀子市场,不像现在这样红火,但那个时代,伊犁只有一把刀子,师傅萨穆萨克是红到头顶的人,他打造的小刀、中刀、折刀都是那样的锋利,特别是爱刀子的男人和吃肉喝酒的汉子,都要想办法得到他的一把折刀,成就萨穆萨克师傅的东西,一是从苏联进口的好材料,二是他的好手艺。在从前的伊犁,他折刀的故事是讲不完的。萨穆萨克师傅的折刀,在牧区也是名声大振。他打造的折刀,越用越利,那个年代,一把萨穆萨克师傅的折刀,能换一只羊。那时候一只羊可不是小事。那些时代都过去了,但是萨穆萨克师傅把自己的事业做到了家,让历史和一个城市的人们,记住了他的名字。

我从小喜欢折刀。平时刀不离身,出远门也带上,方便生活。到了一个新的地方,逛它的民贸市场,光顾民间集市,去找最理想的折刀。主要是看工艺,看刀口是否锋利,看中了,买下来,欣然收藏。我曾有过一把太理想的吃肉小刀,很锋利。一次,一位从阿拉木图来的客人吃完肉看了又看,不想放手,我就送给他了。这把吃肉的折刀,我整整用了十年,其实,它已经是我的朋友了。值得回忆的一面是,它知道我的很多秘密,它平时在我的衣服口袋里,所以我的许多好事坏事它都知道。好事无所谓,主要是坏事让我坐立不安,吞吃我的心绪。那以后,我一直在用一把英吉沙的折刀。只要在市面上发现好折刀,我就买回来,放好,偶尔也拿出来欣赏欣赏。

回忆买刀子的那些地方，那些人和事，就会出现在我的眼前。几年前，有机会和一个老哥出国，在一商店买了一把折刀，大了一点，把柄是红色的，很利，像多年前就认识的折刀一样听话。有一年，我们来到了一个遥远的乡村，村民们把我们领进了自己的果园，一位农民送我一串甜美的葡萄。我在吃葡萄的时候，看到了他手里的折刀。他说，打折刀的师傅就在这个村子里。我纳闷儿，在这样遥远的地方，会有能打这样好刀的师傅吗？折刀和平时用的佩刀差不多大，宰羊也可以。我的好奇心感动了刀子的主人，他说，他可以带我到那个师傅的家里去。这正是我所盼望的事。我们来到了师傅的家，他叫图，是一个有名的铁匠，我很吃惊，他的家用刀、折刀、佩刀、吃肉吃瓜的小折刀，都打得那样理想，利，技术也是一流的。我买了图的几把家用刀和几把吃肉的小折刀。我没有还价。他的铁匠铺在他的院子里面，图是一个能干的人，是一个亲切的人，如果可能，他还是一个好朋友。我说，图师傅，你是哪儿人，怎么会在这里呢？他读懂了我心中潜在的问题，说，他是喀什人，是一世代铁匠的传人，几年前，因为姐姐嫁给了这一带煤矿的一个工人，为了护佑姐姐，来到了这个村。听完他的话，我的心热了，我看到了图的心，看到了一颗爱戴和平静的心，一个了不起的光荣，一个深刻的骨肉亲。在以后的那些日子里，在夜深人静的时候，我取出那几把吃肉的刀子，回忆图，回忆他的那些话语和真实的、干净的思想，从而那些有情感，闪耀着人性光芒的折刀，会变成我心灵深处的宝贝。于是刀子开始说话，把世间非常难懂的人和事，说得那样简单而明确，给我一种新的希望。然而，让人兴奋不起来的是，在今天的汉人街，已找不到当年萨穆萨克大师的刀子了，基本上都是从喀什和外地进的刀子，我曾去过萨穆萨克大师长子的家，那是一处宽敞的庭院，他有一个作坊，几个儿子也在打刀子，牌子用的还是父亲的萨穆萨克牌子，但打出来的刀子完全不是那么一回事儿了，技术上一点都不是那么回事儿了。刀子的外观谈不上有什么工艺，刀口也不利，让人看不下去。他们，和父亲萨穆萨克的手艺比，一点情况也没有了，不知道他们都在琢磨什么。奇美和奇怪的人世，为什么上一辈开创的宏伟基业，要在下一辈的手上没有光彩呢？为什么他们传不下来呢？原因是什么？是市场的原因吗？是人的因素？是自己的不努力？

汉人街是说不完的。在我们的一生中，我们可能会忘记我们见过的许许多多的市场，但是我不会忘记汉人街。它是一个活的见证，是人们可以自由地活下去的市场，让富人能够想起自己的从前的市场，给可怜的异乡人以机会的市场。

在新疆大地，伊犁人是一个很有意思的存在。因为伊犁是一个很好玩的地方，这里有一种叫百灵鸟的候鸟，也是天堂鸟里的一种贵鸟。当初春从遥远的东方飘来，掀开我们的第三只眼睛的时候，百灵鸟就深情地唱响伊犁河谷，唤醒千万人心灵深处的梦，让他们笑着过这个新的人生。它们在所有的地方鸣唱，在公园，在行路上，在千万可爱的人的庭院里，在亲切的、记录了我们谈情说爱的高大的白杨树上鸣唱。于是人们敞开他们爱的院门和心房,和它们一起拥抱日子,回忆冬日孤独的生活。当百灵鸟的歌声深入人心,多情的人们,沉浸在欢快的日子里的时候,他们会很自然地和那些百灵鸟一起,变成大自然的一部分,愉悦天下的苍生。在新疆,只有伊犁河谷有这种贵鸟。百灵鸟,是一种奇怪的鸟,它总是唱我们不理解的调子,唱不存在的东西,总是在子夜里,为祈盼玫瑰花的盛开而鸣唱,但它们的祖祖辈辈,都没有见过玫瑰花开花瞬间,也因而,它们的歌声和这个故事,长久地左右我们的神智。从另一方面讲,它又象征着一种机会和希望,是一个渴望的鸟。人怎么会没有花儿期盼呢?

百灵鸟,它记录了这片河谷的平静和美好,但是看不到夏日的丰收,看不到秋天的慷慨,看不到冬日的洁白,带着那样美好的声音,遨游大地,在另一个春天的怀抱里,歌唱时间给它的花香。岁岁春天,它潜入我们的生活和我们的梦乡,唤醒我们的记忆,让我们重温无法用语言表述的细微的感知和情感世界。年迈的人感谢百灵鸟,在他们的王国里,为它们的神曲祝福流泪。而青春天国里的一代代青年人,为这种天鸟的歌声而欢笑。高贵永恒的百灵鸟,用它的甜歌金曲,医治他们的心病,向人们表示自己的敬爱。然而,我们也可以说,那些无数的千千万万候鸟,也给我们留下了太多的东西。在漫长的河谷自由的人生旅途中,它们教会了我们太多的东西。每年初春的时候,它们从太遥远的天国飞来,在美好灿烂的春天,赐我们金贵平静的祝愿。这是它们最伟大的哲学,它们智慧地飞到我们的领地，说，人们，要好好活着，金钱在繁华的时代，是骚动的蜜糕；知足的生活，才是动脉静脉的朋友。而爱情，是没有下游的长河，最后的绚烂，属于遥远的荒原。如果你们没有得到你们想要的东西，那么你们就爱已在你们手里的东西。这是它们的哲学安慰，它们用美妙的神曲，医治了那些在心病里长途跋涉的灵魂。再后来，在恩爱的夏日，在回头寻找自我的秋天里，它们不在了，它们在另一个天下歌唱，安慰那些失去了爱、理想、机会的心灵。那些能吃能喝的人，基本上不需要百灵鸟的歌声，他们是这个人世最无忧的生命，也因而他们不管是鸟叫还是驴叫，他们手中的财富，让他们远离人群和自然，在自己的井底里，评判宇宙的渺小。

在候鸟的家族中，百灵鸟不是最美丽的鸟，但它的鸣唱是最动听的。它们没有白天黑夜地唱，白天歌唱不朽的灵魂，夜晚歌唱人们的情爱。在河谷的每一个角落，传唱美好理想的百灵鸟，教会了我们乐观的生活态度，教会了我们面对不幸和艰难，这是大自然赐予我们的一个幸福。当真正的春天开始亮相，当千百万百灵鸟，唱开一切开花结果的花草时，百灵鸟就停止歌声。我们看不到它们的身影，它们回到另一个春天，在窝里静静地休息，下蛋，孵小百灵，为明年的歌唱做准备。

和其他的地区比，伊犁河谷的地下宝藏和大地财富是相当丰富的，是一种非常美好的现实，也因而它的文化生活是丰富的，是有吸引力的。也比如，和田的果产品、核桃、石榴、葡萄、地方手工艺品、地毯、艾特莱丝绸，吸引着一切地方的好男好女，它们是这片沃土里永恒的诱惑，也因而维吾尔人的游牧情结、城市情结、市场情结是深入在骨髓里的。在南疆的一些城市和乡村，不是每天都有市场，不同的乡镇，选择不同的日期，定一市场日，都是每周一次，特别是乡村的男女老少，都要到市场里来看看，走走，和老朋友老相识见见面，吃顿饭，买些日用品，也卖一些需要换钱的东西，愉快地回家。

讲到和田的时候，我们会自然地想起那里的艾特莱丝绸，这是和田人民的一绝，性格上不善调侃、有一说一的和田人，在漫长的生活过程中，创造了这种艾特莱丝绸，我们会从内心里佩服这种工艺和用色美学。我们可以从艾特莱丝绸的图案中，看到这个民族内心深处的生活态度，这一点是非常美丽的。从现代设计意念来看，就是五千年后，这个图案也不会落后。我们可以从这种大方、明快的图案设计和鲜明的用色手法中，找到当今世界。文学艺术所需的一些先进的表现手法，都能找到现实主义、魔幻现实主义的手法。艾特莱丝绸的发明、发展，在今天的社会生活中，起着春天一样的作用，是这片土地独特的风景。该有的一切，几乎都在装扮我们的生活。在新疆，艾特莱丝绸是一切妇女的骄傲，适用不同年龄层次和不同生活条件的女人，穿上都是那样的亮丽，会更可爱。艾特莱丝绸的颜色是迷人的，这是能让行将就木的男人返老还童的颜色。在这个图案中，我们可以看到维吾尔人的生活美学观、生存美学观、环境美学观的一些影子。如果我们每十年坐下来认真地研究一次艾特莱丝绸，我们就会获得许多紧跟时代的启示。这里的秘密在哪里呢？在图案的现代性上。不同的研究者会从这个积极的图案中得出不同的理论。这种研究是积极的。在新的一个时代，艾特莱丝绸给我们的是一种全新的感觉和理念，在新的太阳的照耀下，艾特莱丝绸也会放射出一种全新的文化力量。这也是一种先进文化所需要的力量。艾特莱丝绸是劳作的智慧，文学艺术是心灵的智慧，它诠释、更新我们的价值观，在不同的年代，给我们新的灵感和力量，让我们思考，让我们回忆，让我们做出决定，不会把我们变成那种有奶便是娘的人。

在社会生活中，文学的力量也是我们精神生活的一部分。我们欣赏各民族作家诗人的作品的时候，也会获得巨大的精神享受。维吾尔族诗人铁依甫江的诗作，也是一种独特的文化享受。他著名的诗作《唱不完的歌》，深情地唱出了我们的渴望。所有中外的好作品，都是我们身边的朋友，是靠得住的精神食粮。

我们都读过《红楼梦》。维语译本在三十年前就和广大的维语读者见面了，这是一本永远都是昨天写就今天出版的书，非常适合在夜深人静的灯下读，特别适合在细雨蒙蒙的静夜里读。白天读《红楼梦》，基本上一个馕不会变成两个馕，一条裤子不会变成两条裤子。因为夜，常常恩赐我们跨越时空的魔力。那么，《红楼梦》和艾特莱丝绸，有什么哲学上的联系吗？有！这部伟大的书和艾特莱丝绸都不宜看破，如果我们把它们说透了，说清了，那么我们自己就会变成一个个没有犟呆的人了。一切伟大的东西都是神秘的，人是最神秘的情种，老外哥们儿达尔文，对人种起源的解释是一种旮旯里的神话，因为至今没有一个争气的猴哥站出来变成我们的种类，和我们一起钩心斗角。一个很有趣的问题是，艾特莱丝绸虽是女人专用的料子，但它的精神属于男人，所以男人在骨子里是女人的福祉。男人看到这个绸缎在女人的身上以后，他就会很勇敢地回到自己的位置上，开始认真地关注自己的金锅和破锅，回到自己良心的起点上，重新昂起自己高贵的、可怜的头颅。不同的地域，每一个城市，每一个乡村，每一个有人的地方，每一个人和狗日的狼狗，都有自己独特的声音，有让人爱不够的鲜花和骂不完的丑陋。

伊犁河谷独特的一个特点是笑话，这里的人们生活在一种原始的笑话社会里，这种笑话把他们锻炼成了一个个开明的汉子，从而伊犁人的适应能力是很强的，在任何一个地方，他们都能通过自己的好性格、好笑话找到朋友，别的地区的人在几个月里完不成的事，他们几天就能完成，和一切百姓打成一片，开始新的生活。在社区里，在团队中，当遇到一些头痛的人和事的时候，他们会站出来说，怎么着。哥们儿？动手还是动嘴？喝酒还是回家睡懒床？他们有一种豪气，有一种亮心精神，这也是一种传承，也就是一种儿子娃娃精神，是那种站着尿尿的人所具备的爸爸给的勇气和人格。在我静下来，洗完臭袜子，躺下休息的时候了，就想象他们在千年前的这种生活，这种性格的形成和发展，是和土地、气候、好肉、好酒、好脾性有关呢？还是这是他们生命中的前定？没有结论。因为历史上伊犁河谷的人们，拥有美好、无限、多彩、神话一样的生活条件和环境。这种诗情画意的恩爱,也包括了几百年前的生活。伊犁独特的地理位置,大气环境,丰富多样的自然资源,矿山资源,森林资源,高山草原,千年来迅速繁殖的马牛羊,安拉恩赐的旱田,都给了伊犁人民全新的机会,从而他们的性格里也有了积极的、开放的东西。同时也出现了一种调侃生活、调侃人和事,把严肃游戏化、调侃化的心态。随着时间的流逝,随着现代生活快节奏的进程,从这种过度游戏化的心态,派生出了一种说大话的吹牛现象。这里的问题是没有了从前的优越感,那种衣来伸手、饭来张口的时代结束了,那是他们最阔气的时代。许多辉煌都是从那个时代的麦西来甫聚会中开始的。三五十个男子汉聚在一起,唱心曲,和朋友们愉快地欢度周末,在新的激动里,秘唱自己的甜蜜。那些笑话、百年幽默、习俗,都来自婚礼的酒宴和永远的麦西来甫聚会,也是血一样浓烈的伊犁民歌的摇篮。

在百年前的伊犁河谷,随着冬天的来临,男人们的大乐大潇洒就开幕,吃喝用的牛犊和好羊在所有的屋子里等着他们来开玩。麦西来甫一开始,男人们就十天半月不回家,今天在买买江家里唱,明天在艾买江家里聚,一家一家地玩得站不起来的时候,他们才想回家休息。中途的时候,老婆们找到他们欢欣鼓舞的地方,给他们送换洗衣服。他们,这些直来直去的硬汉,在歌声和笑话中创建他们脚下的天堂,把整个冬天变成他们永远的王国。大吃大喝使他们魁梧高大,说话声音洪亮。伊犁的男人善笑话,几个人来到一起,第二句话就是侃,而后是笑话连篇，他们具备从很平常的某事某话中，接生出笑话料子的天赋，你一句我一句，把话拉大，无中生有，真真假假，很快地把气氛搞上去。在伊犁河谷生活的人都会说笑话，都是播种幽默的大师小师。这是一种无形的资本，但也是有形的资源。比如说局长县长批不下来的文件，笑话大师昂着头跑一趟，经典的笑话来一筐，大事就能办成。脸和脸是不一样的，笑话家、大师在民间的地位是很高的。伊犁河谷流传着这样一个笑话，一先生已是行将就木之人了，快断气的时候，按维吾尔人的俗礼，他的朋友们都来看他，问他，在和他做朋友的那些年代，是否有对他不敬的地方。话说完后，一哥们儿开玩笑道，朋友，你死后，我自己给你净身，第一个进来，拔走你的那些金牙。那位半死不活的先生，喘着气，说，不要急，你最后一个进来，把我的宝贝抽走！这就是伊犁笑话的一个特点，就是死神到了，他们还是不忘讲笑话。还有一个笑话，说有一个孩子，从屋子里背着母亲出来了，他走到巷子十字路口的时候，在老榆树下闲谈的长辈们问那孩子说，孩子，你这是上哪儿啊？孩子说，我准备背母亲上麦加圣地朝觐。一长者说，那么长的路，什么时候才能走到啊，你又不是没有钱，为什么不坐飞机呀！孩子说，坐飞机当然好，但那不能体现我对母亲伟大的爱心，我须自己背着母亲走，向伟大的母亲表示我对她老人家无私的恩爱。那位老者说，我看你母亲岁数也不是太大，气色也好，去麦加多麻烦啊，还不如给找个男人嫁出去呢。这时，儿子背上的母亲来劲了，说，万能的主啊，说得多好啊！我这不懂事的傻小子，哪里懂得这等好事呀！这是一个很美丽的笑话，这里有许多美好的东西，第一是一种超级幽默，背后的东西很好玩，第二是一种批评，有人性化的一种哲学要求，第三是一种实实在在的教育，这种教育在书本上没有的，第四它隐藏着一种心理学的内在要求，表达着人的一种本质欲望。在维吾尔人的日常生活中，这种笑话是说不完的。

讲到笑话的时候，一个很有意思的情况是，笑话的教育功能，也是独特的，潜移默化的。有些人和事，是不能直说的，但是通过笑话道出来，可以达到非常好的效果。也就是说，在笑话哲学里隐藏的东西，是非常丰富的。用好了，事半功倍。而笑话，也是调剂不同性情之人的一个宝贝，也是一种良药，这个药，在这片河谷里，永不停息地鼓励我们讲笑话，因为笑话能团结人、理解人、鼓舞人。谈伊犁的维吾尔族人，不谈笑话对他们性格和生活的影响，就不能认识他们的幽默。所以，人们常说，伊犁是笑话的天堂。在其他地区和城市，也有笑话，但远远没有像伊犁这样，男女老少都讲笑话，吃笑话，玩笑话，剩下最后一口气也讲笑话的风俗。有一天，一旦什么人说出了一句上等的笑话，或是从哪里听到了一句非常好笑的笑话，第二天他们立刻打电话告诉朋友，互通有无，准备好笑料，准备在一切场合里大显身手。笑话是传统民族文化和当代外来文化相结合的产物，是经济社会需要接受的一种俗文化形式。麦西来甫、歌舞、婚礼仪式、民歌、音乐等民间文化基础性的东西，在历史上丰富了维吾尔人的文化生活，并为之打下了牢固的基础。这些方面，在当代文化的圣殿里，占据着非常美好的位置。这种智慧的生存方式和欢快游戏，不但团结了我们，也在那些无数的日日夜夜，创造发展了我们的口头文学，我们可以从民歌的乐园里看到我们的这个从前，前辈留给我们的这些动听的民歌词律，是那个时代最早的笑话材料。

伊犁笑话的大师，是勤劳快乐的民众。在他们的笑话里，也体现了民众的智慧。一个人能有这样的能力，是非常不易的，你就是读几年大学回来，也不一定能成为一个笑话家。因为世界上没有培养笑话家的学校。这是一种天赋，是具体的人，天生所具备的一种灵敏的气质。有这样一个笑话，一个人掉进了水里，他用四种语言大喊救命，但是没有一个人来救他。这时，一位笑话大师走过来，说，朋友，你学那么多种语言干什么呀，还不如学会游泳呢。这也是一个很有意思的笑话，这里面也有许多的道理。但是，不是一切的维吾尔人都喜爱笑话。走出伊犁河谷后，这种幽默就基本上没有市场了。南疆、东疆的维吾尔人就不是太欣赏这种笑个没完的笑话。有一年盛夏，我的朋友接待一领导，他是我从小一起光着屁股长大的哥们儿，他要我陪他一起上山，好好地接待一下那位领导。上山后，在可爱美丽风光的刺激下，我们早早地开始喝了起来，手抓肉还没有做好，下酒的东西是凉菜和烤羊肉。几杯酒下肚后，我和我的朋友一唱一和，开始讲笑话了，主要是让领导开心。开始的时候给领导讲了一些经典的笑话，而后开始侃他了。领导听了几个笑话，不高兴了。我们越说他越不高兴，他一急，我们更来劲，忘记了人家是我们的客人,大家都熟了。我们侃他玩的笑话大意是这样的:我和那个哥们儿为了能调到厅里工作,我们做了一个小推车,每天从家里推他上班,因为坐车上班空气不好,又见不到风景。最后,厅长看着我们对他的爱和忠诚,把我们调进了厅里。大家都笑了,只有领导不笑。他的司机站起来走了,他的秘书也满脸的不高兴了。我说,完了,今天的笑话不成功,客人没有能理解和接受我们的笑话。正在这时,领导站了起来,满脸的不高兴,说要走人。我那哥们儿一看大事不好,忙赔笑脸说好话,但领导说什么也要走人。我那哥们儿说,那我们都走吧,剩下几个人把肉做好再走。但是领导不让他走,说,你们留下继续玩,他要去另一个场子。领导说得很坚决,我们只好留下了,领导上了车,车还没有开出几米远,停下了,我的朋友跑了过去,领导下车了,说,你们刚才说的那些话都是假的,是兑现不了的,你们这些伊犁人,我们知道,都是吹牛王。说着,领导上车走了。我们都笑了,大家为了让他高兴,都在说笑话,那能是真的吗?太奇怪了。没有办法,伊犁河谷以外的人,基本上都不理解伊犁的笑话,说这是一种病态的吹牛现象。伊犁人侃人玩的亚嗜好也很普遍,在远古的伊犁人血液里,肯定没有这种东西,在漫长的几个世纪里,周边国家不同民族的生活方式、文化习俗、性格特点,或多或少影响了伊犁人的性格,而这个话题又是另一部作品的内容了。然而,伊犁人又是灵敏的,他们可以在没有音乐的地方跳舞侃人,从而不断地了解自己身边人的真实情况和他们的内心世界。朋友之间也常开那种很重的玩笑。比如变着声音给圈子里的哥们打电话,把他们都请到某一个朋友的家,说他今天晚上请客,自己也装着什么事都不知道的样子,到那位朋友的房子来看热闹,在没有办法的情况下,那个朋友也就真请客,假戏真演。这样的故事是非常多的,又比如,在伊犁,你走进一条巷子,急忙地向人打听你的一个熟人,对方不急于回答,他先观察你一番,头脚扫一眼,从你的穿戴剖析你的身份什么的,再问你,你从哪里来?是做什么事的?你要找的这个人是你的什么人?对方用这种形式把你全面地筛一遍以后,再回答你说,是这样,看见前面的那个电线杆吗?过了那电线杆后,右边第二个大门就是那个人的家。在巷子里,他们总是想了解掌握一切,也能知道每家每天发生的大事小事好事丑事。他们这种打听信息的老瘾,来自当年宁静的、可爱的、经典的麦西来甫聚会。麦西来甫在播种文明的同时,也把爱和爱的习俗撒在了每一个人的心里,用歌舞团结了他们,于是他们像一个家庭里的人一样生活在一起,谁都没有见不得人的事和秘密。

  伊犁的酒文化也是有自己的特点的。和其他的区域相比,伊犁是出好酒的地方。在其他的城市,人家说一句咱们玩去吧,这句话的意思是广泛的,多内容的,而在伊犁,这句话常常是只有一个意思,那就是喝酒。最早,伊犁的酒是怎么产生的呢?那个第一杯酒曲子是从哪里来的呢?这是一个大话题,没有几车酒的资助,是说不清楚的。但是我想,酒的发明,绝不是伊犁人的专利。

在伊犁人的性格中，有许多可爱的东西，我们可以从他们的酒宴、聚会、民歌、乐曲、麦西来甫中多多少少地了解一些情况。他们具备一种较理想的素质，他们在成长的过程中不断地充实了自己，他们无论做什么，都努力地去实现一种较完美的结果。比如，就伊犁民歌来讲，在喝酒唱歌的时候，大家是非常兴奋的，只要是正规的场子，就一定要有乐器，有歌手，有民歌。伊犁人是民歌的嗜好者。伊犁的民间是民歌的民间，其实，这种喝法和唱法是一种教育，歌声教导众人在生活的日子里，一定要学会感谢，学会通过劳作改变自己的命运，学会知足常乐，学会适应，学会忏悔。他们在美的旋律中成长，那么这个美的旋律是什么呢？是我们的父辈留给我们的可爱的生活情感，是他们留下的信息，我们是在这种信念里成长起来的。

伊犁的地理位置是独特的，这对伊犁人的性格形成也起了一定的作用。伊犁的四周是山，山里什么都有，生活条件好，山上的天然森林是一个太了不起的存在，多年来砍伐不完，几百年的铁松高高地立在彼岸的山上，象征一种伟大的不倒精神。山里有许多动物，也是牧民的天堂。伊犁的高山森林资源是全新疆的一个亮点，这里也是大小动物世界的天堂。山里的百草基本上都是名贵的草药，也因而马牛羊在短暂的夏日都会肥美强壮。而后河谷的旱田也居新疆首位。百年前的伊犁人，种旱田是很有意思的，这种劳作好像是一种初春的玩法，种的人认真地种，但对收成不是太抱有希望。初春有条件的人家，随便在旱田选一片地，犁一下，大把大把地撒麦种，等待夏日的收成。

没有条件的，就把种子撒在旱田里，后来的风雨帮他们把种子埋下去。在炎热的夏日里，先上去几人察看一下，如果麦子长得好，就组织人收，不太理想，就让给候鸟和动物，说一句让那些生命也美餐一年吧，这也可能是安拉的意志，就放弃了。

伊犁的水资源也是相当丰富的。其实，让伊犁在历史上和今天的阳光下好名在外的东西，是它的千条万河，是千山万水，这种丰富的水资源在最困难的时期，也没有让伊犁人饿着，给了我们众多的机会，在我们的性格上留下了水的印记。生活在这样一种较富裕的环境里，伊犁人性格里也滋长了一种散漫的东西，有时天大的事也不能牵动他们的心，仍在好友家里讲他们的笑话，喝他们的小酒，门神是我们古老的哲学：天下的事除了死亡以外，都是游戏。

伊犁的大街小巷是非常美丽的，干净，亲切，一大特点是树和夏花。夏花盛开的时候，你可以看到在万紫千红的花瓣上，酣睡着做美梦的伊犁美女，她们是伊犁的美丽，她们是伊犁的光芒。伊犁姑娘有一种超越时代的气质，当你和她们认识，骗她们吃饭和她们跳舞、交谈的时候，你的肮脏的目的，丑陋的欲望，会渐渐地消失，你的良心会发现，因为你会感悟，她们不是那种为了一时一日的欢爱，丢失自我埋葬自我的佳丽。在她们的眼神里，有一种超越了时空的光芒，你会感到，你曾在天国的梦里，见到过她们的容颜。她们是真男人的骄傲，当我们对一切失去信心的时候，也不会忘记她们安详的、美好的、干净的、女人味十足的眼神。好的女人是男人的一个财富，当灯从男人的眼睛消失了的时候，这个天使女人会照亮我们的来生，代表我们的来世，向我们的灵魂分撒他们的花瓣。

伊犁的树也是一景，山上有树，城里有树，大路小路，大街小巷，院内院外都是树，一棵树就是一个伟大的男人和女人。白杨树是我们前辈留给我们的遗产，后来的橡树是他们周游列国的时候引进的贵族树，高大、坚硬，千年不倒，千年不朽，象征万年。伊犁的小巷文化，是伊犁民间文化的摇篮。我们可以在精美、神话一样神秘的小巷里，在小桥流水人家的庭院里，都能找到父辈留给我们的祝福和安逸。这些小巷都是金歌名曲的朋友，是生态的朋友，是生态的天堂。也因而，在伊犁人的性格里，有太理想化的东西，有时认准一个死理不放。伊犁古老的社区生活，都是各家各户的庭院，小巷的卫生和院里的卫生都靠各家的姑娘们来完成，她们清晨起床，第一件事是清扫院子，而后是院门，再后是自己院界范围的巷路，而后给院门的小花园浇水，她们提着水壶弯身浇水的形象，是童话重返人间的影像。她们会说话的眼睛，垂在前胸性感的长辫子，和那些初开的花朵对话的时候，那形象，是这个季节里最经典的油画，日子会变得如此可贵可爱，时间会变得如此慷慨伟大。而后她们去洗脸，在她们生火准备早餐的时候，远方的百灵鸟飞过来，在院里可爱的苹果树上，给她们唱永恒的爱恋，唤醒美女们心灵的希望，告诉他们风的方向和爱的方向。

伊犁的这种民居小巷，其实就是一个巨大的生态公园。这一点，在从前的伊犁和当代的伊犁，都是非常鲜明的，那些巷路像住家的院子一样干净，亲切的小路两侧是高高的白杨树，绿色的树叶，春天里和百灵鸟一起鸣唱时代的神曲，给人宁静的幸福。伊犁的民居不同于新疆任何一个地区的建筑，一大特点是墙壁屋内屋外刷得雪白，外墙地面有一半的墙面是深蓝色的，白色和蓝色在一起，给人一种清爽高贵的感受，家家户户都是这样，整个社区都是这样的和谐美丽。

在伊犁的历史上，俄罗斯人曾把手伸进了这片沃土。在世界民族大家庭里，俄罗斯人的性格是多变的，是很难把握的，是摇摆不定的。这是一个方面，他们深入到这片美丽富裕的土地以后，开始用自己的价值观和文化观左右一部分人，把他们变成了自己的代理人。从某种意义上说，俄国人是很复杂的民族，命运赐给他们的地理位置，也是很复杂的一脚两船。他们一只脚在欧洲，另一只脚在亚洲，和邻国的关系，在许多时候是不稳定的，总是以要扩大自己版图的面目出现的。因为战争，因为动乱，边民在第一个春天跑出去，又在第几个秋天跑回来，为了安宁的生活，吃尽了苦头。今天，我们重新思考这个历史的时候，我们不能不问我们自己，那些俄国人带给我们的是什么？他们在我们的后代的心灵里又留下了什么？我们应该怎样全面地、深刻地认识那段历史？我们每一个人都要回答这个问题。

伊犁很有意思的一个情况是，和当地的土著人比，外来人成功的比率要高得多。今天的汉人街也能说明这一点。汉人街几乎都是外来人，但是他们当中有很多一批人在实际的劳作中走出了一条属于自己的路。他们没有靠山,没有人能帮助他们,他们只有市场和勤奋。市场的机会和规律,给了他们任何人也给不了的东西。其实这是一个大题目,我们每一个人都能从这个大题目中找到我们需要的东西,这也是世界性的一个问题,为什么那些移民来的人在很短的时间里,能走出自己的辉煌呢?有这样一个幽默:一个移民在一社区租了一间屋子,五年后,院主要出售庭院的时候,那个移民买下了他的院子。这个幽默说明什么问题呢?那个移民五年来在劳作,在思考,在努力奋斗,他的内心里有一个目标,他有自己的愿望。这个幽默的意义是广泛的。那么,移民为什么能很快地富起来呢?因为他们有一个比较,当他们从一个基本上没有机会的地方来到这样一个具备众多可能的家园的时候,他们就珍惜这一切,能看到傲慢麻木的土著人看不到的东西,会从土著人扔掉的东西里寻找金子,咬牙坚持下去,创业,向着自己的方向一步一个脚印地前进,改变自己的命运。而土著人,在多半情况下,他们很少付出艰辛的劳动,不太习惯艰苦的劳作,这是一个非常现实的问题。本地人当中,我们几乎找不到从城市到煤矿打工的人,一是他们看不起这个工种,二是怕苦怕累,认为自古以来到煤矿干活儿的人,都是风从四面八方吹来的浪人。这样的故事是讲不完的,那些移民五年十年如一日地干下去,做一个计划和目标,挣一笔钱,进城做小买卖,开始一种新的生活。

伊犁的故事是讲不完的,伊犁的文化也是非常独特的,伊犁人在漫长的历史进程中,为维吾尔族文化的发展做出了自己的贡献。这种贡献的另一特点是口头文学、民间文学，它们的内容是很丰富的，伊犁人在漫长的生活过程中，在生活的许多方面，都取得了公认的成绩，这种资本在任何年代都不会失去自己的力量。

在伊犁，我们还可尽情地欣赏帕夏伊夏的歌声。这位民歌之母是伊犁河谷的骄傲，她用伟大的声音，深情地唱了一个世纪。爱生活的人是民歌的朋友，爱民歌的人是生活的主人。在这片可爱的宝地，太多的赞美之词，都传颂优秀的歌唱家帕夏伊夏，她的歌声是独一无二的，是音乐的福分，也是众多可能的一个结合。半个世纪以来，她的歌声，在这片爱土里记录了人民的幸福。她是我们的光荣与梦想。如果，一片热土没有人民敬爱的诗人、作家、一代教育家、学者、歌唱家、社会活动家、科学家，那么，这片土地上的人们是可怜的。而歌神帕夏伊夏的出现，给我们带来了艺术的希望和力量。帕夏伊夏是一个民族的歌者，她属于舞台，属于时间，她是我们心中的骄傲，是一个有福的母亲，每天都有千万人倾听她的歌声。她通过自己永恒的歌声，找到了同志和朋友。准确地讲，帕夏伊夏的歌声，是我们往昔生活深刻的记忆，她丰富了我们的年代记忆，我们是在她的歌声里成长起来的，我们没有忘记。没有忘记我们的苦难和安宁。不是一切的歌唱家都有这样的魅力。

在那个年代，我们没有听说过有电视机这样的东西，我们在民间神话中听到过它的存在，那是一个神秘的镜子，当世界末日来临时，我们就可以从这个神秘的镜子里看到世界的每一个角落。现在我们从电视机里看到了世界的各地,但是世界的末日没有到来,只是神话世界里的东西,这么快就出现在了我们的生活里。那时候,我们都是从广播里倾听帕夏伊夏的歌声,从破旧的小收音机里倾听她的甜歌名曲,那时候,谁家有个小收音机,就是宝贝了。这位伟大母亲的歌声,变成了我们精神生活的一部分。那个年代都是有线广播,马路两边高高的电线杆上,都是一个个高音喇叭。家里没有收音机的可怜人,吃过晚饭,都云集在汉人街十字路口的电线杆下,静坐着倾听她的歌声。都是民歌,也有几首创作歌曲,心灵渴望顺利的汉子们,幸福地和可爱的帕夏伊夏放飞的百灵鸟对话,回忆他们失去的挚爱,热爱今天的生活。那些勤劳的移民们,在忧伤的歌声里沉醉,眼里闪出银亮的光珠,在回忆的海洋里遨游,用泪水结束他们难忘的一天。

帕夏伊夏的蝴蝶,在所有的地方都是可爱的使者,传播技术把一个帕夏伊夏变成了千万个帕夏伊夏,让她的歌声欢庆四方。伊犁人可以失去一些东西,但是他们不能没有笑话、幽默、民歌和酒。理解伊犁人是不难的,比较清晰的一个途径是他们的笑话,他们善于通过笑话广开门路,而后是民歌,他们都是一些亲切、友好、直率的汉子。

第六章　我是你永恒的歌手

我是你永恒的歌手。因为我留住了民间的美好和希望，留住了人和人之间的情情义义。在任何一个城市里，温馨可爱美好的东西，在民间的意义是普遍的，而且是要流传下去的。民间自觉地保护和传承了民族文化激动人心的画面，这是我们的骄傲，是我们不谢的春花。

伊犁河谷有许多宝贵的东西，有的我们看得见，有的我们意识不到。伊犁的特点是多方面的，别人有的她有，别人没有的她也有，这是一个需要静下来过日子的城市。在伊犁民族民间文化的宝库中，有三样东西我们不能忘记，这是我们的三个宝贝，在我们的日子和我们的睡梦中，也是那样不可缺少的东西。

一是歌谣。在这些歌谣里，有我们的历史，我们走过的路，我们创建的花园，我们不能忘记的耻辱，同时也有一些我们不能忘记的事件和人物，他们在那个时代留下了自己的声音和作为，留下了一种生活方式，也给我们留下了永远的思考。

第二个宝贝是伊犁的移民歌，这是我们的一个情结，我们的一种态度，也曾是我们的一种学费，而今天更是我们的历史，需要每一个人研读的历史，需要每一个人站在一个高度，需要回答的历史。在许多种情况下，历史基本上是政治家和历史学家及有关人员研究的一个存在，不需要每个人走进这个宝库寻找自己的行为，但是伊犁的移民歌太需要这样做，每一个人必须从这个歌里找出祖辈的从前和现在的自己。一个现代的伊犁人，一定要完成这个任务。因为这个历史至今都在审问着我们的潜意识。

  第三个宝贝是伊犁民歌。它是伊犁民间文化的大餐，是好肉好菜的盐，伊犁的民间是民歌的民间。在漫长的岁月里，伊犁民歌留住了我们的情感世界和对未来的希望。

  在伊犁河谷的歌谣中，最有名的是沙迪尔的歌谣。这是一位大师级的人物，百年前就活跃在民间，传承、创造了众多的民谣。也是著名的歌谣创作者和演唱者，他的歌声在那个年代和当代，在民众心里留下了不灭的印象。民间众多的传承人，都会传唱他那些激动人心的歌谣。这位歌者也是移民的后裔，我们可以从关于他的一些传说中，发现他性格中刚烈和坚强的一面。伊犁河谷有一个很有意思的现象，早在几百年前，近在今天的时代，我们会发现伊犁的许多知名人士都是移民来河谷的好汉，每一个行业都有这样的一些情况，都是在那些年代留下了好名声的儿子娃娃，好汉沙迪尔就是其中的一个。那是一个出好汉的年代。在今天的经济社会里，从汉人街里成长起来的那些好汉，基本上都是移民，或是他们的后代，土著人喝着奶茶，用不友好的、怀疑的心态和语言，评价移民们的来路与家乡历史中的净和脏的时候，勤劳的移民们和他们的后裔，都已挣够了能买下那些评论家的宅院的钱了。当前进的社会需要力量的时候，更多的土著人看到的早年的前定和今天的机会。在边缘，他们不是见多识广的一群，因而不是太了解人类的历史不曾有过完美的人和事的记录。在研究伊犁社会发展史中，这是一个很有意思的情况，因为从这种存在中，派生出了太多的人和事，需要我们去研究他们的心理力量和哲学力量。从那个年代到现在，曾和好汉沙迪尔一起生活的朋友和歌手们、乐师们和各路君子们，给我们留下了他永恒的歌谣：沙迪尔是一个没有家的人／是一个没有衣服的人／河谷穷得叮当响／麦场上没有一粒粮／沙迪尔这个名字不好听／我十五岁骨头硬出了名／第一次被抓的时候／发配到了哈密王的故乡／把沙迪尔抓给县令的人／是白庄子上的那个乡绅／为了活下我的一条命／我在哈密的街头卖芋头／衙门里一排排的牢栏／都是坚硬的好松木／从衙门里破洞逃出的／是我好汉沙迪尔／我从衙门里逃出来／在小巷里跑起来／看守我的五个衙役／来临的灾难受起来／我逃离衙门的时候／一满族汉子和我在一起／把我关进囚笼的时候／我想着法子打开了囚门／本人是沙迪尔／沙迪尔就是我／我若不是沙迪尔／谁是我沙迪尔／你问我相连相爱的山路／我告诉你通向每座山的小路／沙迪尔的坐骑烈马／臀部一小片白花花／我老婆留在了伊犁／怀里还有她的儿子／我留下了沙迪尔这个名字／衙门里有我的来信／我读着信流泪了／我的五个儿做了孤儿／我的烈马饿着了／谁能给我一把麦草？／赐我做人道理的／家乡父老可安好？／沙迪尔住进的山洞里／

飞不进一石一鸟／我沙迪尔在这里了／我的儿子们吃什么？／我从衙门里逃出的时候／走的是喀赞其的路／衙役们追来的时候／我走进雪路飞出了山顶。

这是伊犁歌谣的一部分，歌者通过鸣唱，把热爱生活的种子和期盼和平生活的愿望，撒在了伊犁河谷的千山万水。

伊犁的移民歌是独一无二的，是鲜活的，因为它们是从血一样真实的事件中派生出来的。一八七一年沙俄侵占了伊犁河谷，一八八一年在清朝当局的努力下，伊犁回到了祖国的怀抱。这时候的一些民众在不同的心态和认识下，在沙俄的蛊惑下，丢下家园财产逃离伊犁河谷，搬到了以前是中国版图的七水地区。这就是伊犁历史上可悲的所谓的移民事件。当时间流进静止的圣湖，一切大白于天下的时候，在人民的精神生活里，产生了忧伤的移民之歌。

传唱至今的伊犁移民歌是很丰富的，出现了许多传唱的歌手，出现了许多传承的乐手，为今天伊犁民歌的黄金时期，打下了不灭的基础，他们的歌声仍在今天的时间回响：让我们移民／那是一片荒凉的沙地／那些蓝眼卷发的人／从不向我们说真话／伟大的巴依是大富豪／那是安拉的旨意／是他把六万塔兰奇／赶出了伊犁河谷／没有移民经历的人／搞不懂这个移民／那些陌生的荒凉之地／怎比得上自己家园的美丽。

在这些旋律中，最后的盛宴是伊犁民歌。在伊犁，这是永恒的声音，伊犁民歌是一个灿烂耀眼的花园。在漫长的历史文化进程中，民歌无形地支撑着民众的精神生活。伊犁民歌是伊犁维吾尔族文化中最早最亲切最久远的一种独特的文化形式。为什么是独特的呢？因为你可以在每一个家庭，每一个人的心灵里，找到伊犁民歌的基础和温情。伊犁民歌的形成和发展，与俄罗斯民歌、陕北民歌一样，为中亚各民族当代文化的发展繁荣，打下了坚实的基础。伊犁民歌的出现和形成、流行、发展、成熟，标志着这个民族从原始的生存状态，进入了文化自觉意义上的发展时期。伊犁民歌是当代维吾尔文化最珍贵的一部分，是研究发现这个民族亘古以来的生活、文化、哲学、仁爱、礼俗的一个重要宝库。

伊犁维吾尔人的另一特点是幽默、善良、勇敢、热爱民歌，热爱传唱，并以此为荣。伊犁的乡村生活是非常优美的，多情的人们，梦境般的果园，高高的白杨树，可爱的民风民俗，在每一个伊犁人的心灵里，留下了永恒的记忆。伊犁的民间生活是丰富的，这种生活的可爱之处就是在一切有人的地方，在所有的夜晚，不是在东家就是在西家，都可以听到琴手的心曲和歌手的爱恋，伊犁的民间是民歌的民间。无论是白天、黑夜，醒着或是在梦里，都能听到人们唱不完的歌，因为爱情、活着、劳作、希望、奋斗、愿望、友好、和谐、善良、成熟、成功是这个民歌的主题和永恒的旋律。在众多的伊犁民歌中，传唱年代最久最普遍的要数《黑黑的羊眼睛》。它是民歌中的王子，只要有人的地方，就有这首神曲的旋律回响：我的黑黑的羊眼睛／我的生命属于你／让一切厌世的男人们／做你忠诚的情人。这首民歌深情地表达了维吾尔人对生命极大的热爱和对爱情的向往和忠诚。曾有学者问我，你们的民歌几乎都是歌唱爱情，为爱而生，为爱而活，为爱而死，除了爱情，没有别的东西吗？我说有，伊犁民歌的价值就在于她不直接说教人生中的伟大和辉煌，不直接为那些悲苦者泣鸣，而是在歌唱爱情的过程中，巧妙地用弦外之音，表达对人生的热爱，在歌唱苦难的过程中送走苦难，寻求新的希望。悲中有喜，在哀伤中寻求人生真正的价值，喜中有悲，深刻感受人生不可战胜的苦难，如死亡。这也是伊犁民歌的一个秘密。从这首民歌中，我们还可以发现，爱情以外的生活和爱情在这个民族精神生活中的重要位置。那些厌世的男人们，为什么要把爱情作为自己的归宿呢？在原始的自然社会里，爱情拯救了男人和女人。当文明的萌芽在社会和各个角落里播种欲望的时候，爱情曾是唯一的男人矛盾。当文明长大成树开花结果，当理智善良的人们最后真正懂得了爱情的时候，他们也懂得了爱情之外的社会生活，于是他们携手共同拯救了他们曾扰乱了的社会情绪，爱情团结了他们，教育了他们，于是他们再一次携手拯救这个世界，从平凡走到了高级，从简单走向了复杂，从而在不同远古历史时期的社会动荡中，保持着一种平稳的积极的自信的文化理念。这是伊犁民歌的另一主题思想，也是它能流传至今的价值所在。

  我和那些友好的车夫们来到了百年前的汉人街。这是一张哈孜·艾合买提大师笔下金贵油画一样的地方，自然、可爱、等待开发，有活力、有机会。更重要的是有伟大的生命。水磨前是条向西畅流的清水河，河水像美人的眼睛一样晶亮可爱，河上游左岸是汉人街著名的车马店，主要是从各县各地来伊犁的马车夫落脚的地方，河对岸是宽广的草地，东边是男人们赌钱的地方，许多汉子都是死命地挣钱，而后来这里赌，总是想着一个钱变十个钱，百个钱，但最后都是一文不剩，蔫茄子一样耷拉着脑袋回家，脸上没有血色。第二天又去做苦力，又继续来到这片草地赌钱。南边是小吃区，有各种精美的特色食品，吃饭的出门人和喝小酒的小康男人，都在这里寻找自己的小天堂。每当我们出现在河岸的时候，就有许多兴高采烈的汉子们涌来，静坐我们的两边，等待我们开始传唱优美的伊犁民歌，在伊犁，这是一个全民性的情结，是一顿精神大餐。乐手们开始调对独塔尔琴，弹布尔琴、提琴、打手鼓的时候，从四面八方涌来的听众，一个个双眼发亮，等待着美好一刻的到来。那些乐手是伊犁河谷一流的高手，弹唱都是一流，纯情投入，开始与观众合唱的时候，他们像烈马一样放开喉咙，热情地把歌曲推向高潮。当一切准备完毕，我来到琴手们的中间，坐了下来，开始和他们一起，唱我们祖辈留给我们的这个无价的民歌：

爱花儿的古丽是我的情人，她在院门前吗？
去问问我的情人，愿意和我戏唱吗？
我总是想用我的神网，网住天上的雄鹰，
我总是想用那碗圣水，喝下我心中的丽人，
我的情人有好果园，园里是鲜艳的石榴，
我爱她献上了心一片，而她早已有了自己的爱恋。

主啊,我的右边是荆棘,左边是苦难,
如果得不到心爱的人,我是你永远的悲怜。
我们曾有过欢度的誓言,
曾有过满载而归的愿望。
鲜红的苹果曾是我们的渴望,
我们曾舌尖对舌尖地品尝。

一朵朵鲜花供我们欢情,不要让他人发现我们,
多情的人心向往多情的人,放任他们去潇洒青春。
你匆匆地走了心爱的人,什么时候能见你的芳容,
回到从前你难上加难,我要为见你而勇往直前。
我将深情地去看望心上人,她将多情地飞向我的乐园,
如果心上的人爱心上的人,会像蝴蝶一样舞着小翅前行。
情人已消失在远方,我骑上了我的烈马,
情人不再爱我,心已飞向了异国他乡。
我的爱没有改变方向,我仍真情地渴望,
我信主的恩赐,信我心中的向往。
爱情让我死去活来,我的心醉成碎片,
你理解我的真情,现在谁倾听我的悲情。
我在这里唱我的心曲,你在家里欣赏我的甜声,
你已是一个没有花香的主妇,什么时候可以变成少女妙龄。

我要从头为你歌唱,你要用心倾听我的爱心,

我是你永恒的歌手

我要把这五天的生命,献给你真心实意的生命。
我的手里是长长的神绳,我套住了那匹骏马,
如果你真心爱我,绝不要去爱那陌生的路人。
情人在高高的墙上,墙倒下压住了她的心房,
她的脸上没了艳丽,悲哀笼罩了她的身影。
请你诉说吧我的爱人,我要为你解除忧愁,
如果你仍真心爱我,我从沙漠接你回来入住我的花园。

如果你的家在悬崖绝壁,我用嘴喂你最好的食物,
在留住真爱的情人怀里,献出我的珍贵的生命。
如果我有翅膀,我要飞去情人的爱巷,
如果知道她酣睡的金床,我会飞进她的心房。
我是天空的白云,是空中的爱鸟,
我要把我的情爱,洒向名叫甜蜜的少女。
如能娶到叫甜蜜的丽人我无怨无悔,
如不能得到真爱的姑娘,我的生命将枯萎。

你的眉黑亮黑亮,院里正屋富丽堂皇,
昨夜我多么想去看你,但小人总是窥视你的爱窗。
千古以来总是小人顶美人,下流心肠,
来吧心上人我们欢唱,让小人去见他的娘。

她们躲在门后,从缝里窥视我们,

街坊太多,天天来偷看窗缝。
当风从西面吹来,我会闻到情人的体香,
街坊都是敌人,总是永远地打听我们。
秘鲁海的东边是千年的干柴,
让我心魂颠倒的是黑眉毛的女人。

我爬到高高的山顶上下不来了,
你的容颜迷住了我,但我看不到你的智慧。
你的腰带美丽闪亮,但为什么亮胸露臂?
我的头上来了灾难,你为什么没有了爱心?
当我二十二岁的时候,满头已是可怕的灾难,
我只信伟大的安拉,我没有任何朋友。
我不喝你的美酒,我永远感谢你,
没有情人的日子,我们怎么活下去。

你说你要爱我,却不爱我的生命,
美丽的姑娘过千万,为什么读不懂我的心。
美酒苦口,喝到肚子里是甘甜,
小嘴里可能有冰糖,吻着还是媳妇甜。
我的情人叫阿依罕,所以我的爱像月亮,
不要让她伤心落泪,高兴地活着是我的向往。
她手里拿着美丽的花巾,眼里流着泪,
情人的心在别处,心中有坚硬的黑石。

我是你永恒的歌手

你的眉乌黑闪亮,我爱上了你的眼,
你的舌头是那样的甜,让我吻你的爱唇。
你的眉本来就黑亮,不曾用乌斯曼草染过,
我爱你是真,而你的爱是骗人的伎俩。

我们曾在双树中间握手发誓,
我们曾发誓永生永世也不分离。
我从天窗取下月亮,把情人放进怀里,
我真情地拥抱情人,让她心花怒放。
天空出现了丑陋的乌云,我梦见了我的母亲和父亲。
父母不在一切对我毫无意义,如果我死去身边无一亲人。

吉日格郎河流,有太多的支流,
我从吉日格郎娶了个女人,像红红的苹果,
你让我走我就走,不让我走我也走,
路上只住两夜,就能回到情人身边。

我的情人请你黎明前到来,
我在正房入睡请你到果园里来。
在高大的凉亭我和情人赤条条地睡在了一起,
外面已是风雪交加,请你敞开你的心房。
那座果园是我情人的果园,只能听到她的声音难见美容一面。

故乡的候鸟

我可怜面无血色,谁人知我的狼狈相,
我立在你门前,只有忠诚的情人知道。
我是知道你的,你不是和我一条心,
当我哭得死去活来,你仍旧那样无动于衷。
你以为我活着,我是活着就死去了的人,
情人的爱心烧死了我的心。

花儿也好蓓蕾也好,盛开了戴在耳根就好,
长大了忍受爱的煎熬,不如小时候死了就好。
情人啊你头戴的是花儿还是待开的蓓蕾,
夜路我未能认出你身边的旅伴。
我在河岸奔跑划破了脚跟,
我白辛苦一趟,情人已经不爱我。
划破了脚伤痛我自己知道,
都是我自己不小心是我不好。

系好腰昂起头,我猛然想起了你,
有苦请诉说情人,我来倾听你的心声。
我的好友我忠心的朋友,你来到了我身边,
如果爱火这样难熬,我将吃下所有的草药。
情人烦心的事多,心里总是高兴不起来,
我们尽情地快乐起来吧情人,这是天下最好的乐事。

我是你永恒的歌手

我曾是一个平静的人，现在却是满心忧愁，
当我看到你的天容，却爱上了你的为人。

你要是走你就走吧我的情人，我有我的人生，
只要我活着，天涯无处不是我的生命。

情人的头发长满了肩膀，
亲一口亲人，愿死在她的鞭子下。
我上到房顶上的时候，花母鸡咯咯叫，
亲一口她的好女儿，老妈妈叨叨不高兴。

我的情人会高高兴兴地来，梳好她亮亮的美发来。
我对情人这样的好，她却用怨眼回报我的笑。
我种下了大田甜瓜，有夏瓜也有冬瓜，
我多么想见你，但你总是不出你的小天下。
我的眉毛一跳一跳地舞动，情人就要从喀什来了，
如果自己不能来，会有她最好的消息祝贺。
人们说我是一个歌者，不唱那是什么歌，
我是一个有苦有悲的汉子，不唱那就不是我。
当我骑上烈马的时候，蹄声会传响四方，
唱起歌情人却不来，君不知那原本是心中的爱。

箱子里是葡萄，流泪的是我的黑眼，

故乡的候鸟

异乡的生活无温情,无人倾听我的声音。
眉毛的黑色在你身上,月亮似的脸在我心上,
我请你的时候你不来,你这个无情的小黑脸。
情人应该有个情人样,十指全是金戒指,
脸颊红红,底色嫩白透明。
蓓蕾,千万朵鲜花的蓓蕾,我的情人还是一个蓓蕾,
你为什么不陪我,让我心的蓓蕾盛开。

我总是想尽情地欢乐,但是不能如愿,
你总是笑不起来,你心里是否有鬼。
千万朵鲜花盛开了,在千万座高山峻岭,
那些看不上我们的小人,开始叨叨起来了。
情人在院门前站着,像盛开的牡丹花,
我能和情人睡在一起吗,像水和水融在一起那样。
我的情人有她的果园,园里是鲜艳的石榴,
我爱她献上了心一片,而她早已有了自己的爱恋。
开开心抓抓摸摸,总是不肯给面子,
我受了太多的苦,为什么不能理解我。
我的情人是一个无情无义的人,谁人知我的爱心,
我们最终分手了,谁知道会是这种结果。
为了渡到彼岸,我住在了河对岸,
说好三天就到,最后成了一个骗人的人。
像红了的红苹果一样,我的情人是红苹果一样的红美人,

嘴里像有冰糖，说话甜声细语的美人。
天气一天天变冷了，母马都生了小驹子，
我黑眼睛的情人，为什么还生我的气呢？
百灵鸟不唱了，红花不开了，
听了敌人的恶语，情人不看我了。
我要给情人建宫殿，用鲜花筑高塔，
情人能理解我吗，我虽有错千万。
是水就应该是清清的水，是川流不息的水，
恩爱百年的情侣应该是一对好邻居。
未能天天见情人，总是期盼新的一天，
爱心未泯活着总会面心花怒放的一天。

像小小的金盒银盒，像雪白雪白的精灵，
如果人人有情，心灵像天使一样美丽，
如果有好马我会飞起来，
异乡的孤独俘虏了我，在大清巷的惠远城。
哪里来的骆驼客，吐鲁番来的骆驼客，
一路上见到了多少骆驼、胡椒、花椒、姜皮子。
黎明来了快起床，晨训时辰到了快开门，
开门开门，黑眼睛，你的朋友谁来了？
吐鲁番好吗哈密好，哪里有钱哪里好，
小妹好吗大妹子好，哪个欣赏哪个好。

我为谁而来,我为情人而来,
不去想我的生意,最后倒在了深坑里。
白雀是个狡猾的鸟,不给糖不叫,
城里的少妇美丽动人,不给钱不笑。
为了渡到彼岸我宿在了河对岸,
说好十天到我成了骗人的人。
院门前有巴达木树,请悄悄地进来爸爸在,
爸在就爸在,难弄的是我怀里有一个娃。
在你的黑眉之间,我做你漂亮的痣。
我情人的名字叫莱莉,不知对我是否有心意,
无论有无情意我是情人的小奴隶。
无边的天空万能的天空风雨无阻的天空,
为女人结束生命是否能得到安拉的宽容。
我是你心上的人,但你的心里没有我,
这是你的无知你的心灵还幼小。

请到果园里来吃苹果,果园里的果子属于我们,
情人你如果心里有我,我的生命都属于你。
果园里是无边的绿色,少妇们养得肥美亮丽,
为情人哭泣,泪变成鲜红的血滴。
古兰木罕的辫子长到脚跟了吗?
未满十五岁能嫁人吗?
古兰木罕的穿戴破旧不堪,

绝不能和那老头睡在一起胡子扎脸。

古兰木罕赶着羊群去了吾伊曼不拉克,
他们把古兰木罕抓给了断手老贼。
古兰木罕的辫子落地了,
她善良的心开始流血。
古兰木罕出生在吾伊曼不拉克,
强娶古兰木罕的老贼是断手艾格。

情人啊,你的心是南疆的小帽吗?
我们从小一起长大,现在你没了钱?
情人啊,我不知道你到底在想什么,
难道我不能走在你们曾欢乐过的小巷吗?
无论我在你眼中是什么,我都十分地敬爱你,
我将捐出财产做你的奴隶。
把我融进你乌黑乌黑的眉毛里吧,
把我带到墨玉人的市场卖掉吧。
如果市场里没人要我,
用你的眼睫毛杀死我吧。

你的爱火烧焦了我的心,
你让我死得不明不白。
你的小嘴像初开的花儿一样美丽,

故乡的候鸟

我的一生未能吻你一次就结束了生命。
我们上路远征的时候,情人留在了院门前,
黑眼睛里流着泪说我们什么时候相见。
那些高山后面是无边的果园,
我的情人还是个未开花的小甜蜜。
我从天窗里看到了情人酣睡着的情景,
想告别她远去又不忍心她给我的恩情。

我死后名字不存在,风从头上飞过,
我的那些好朋友,哭着从我身边走过。
我的父亲死了,我的母亲也死了,
我虽有亲人,但他们的心不在我身边。
外人的辱能忍受,亲人的恨伤心头,
亲人的辱布满了我的心头。

如果父亲健在母亲也健在,
我倾听他们的苦言治愈他们的心伤。
走过亲人的家园抓住了果树的枝头,
你总是不出门,我在外头空流泪。
我的情人是人见人爱的千古美人,
是可以让一个男人死去活来的仙女。

离别我不会失去生命,

我哭献给我亲人的爱心。
唱吧我的百灵鸟唱吧，唱断那枝鲜花的枝干，
情人要离开我，我要让她心满意足。
你是我在这个人世的唯一，
你是我欢笑安乐的源泉。

赶着快马我们穿越冰达坂，
为什么一起受罪的是好汉和恶汉。
我们来也匆匆去也匆匆你们自己保平安，
我们穿越高高的冰达坂请为我们求平安。
在鲜红鲜红的花丛中，
我像鲜艳的蓓蕾向你鞠躬。
昂起头我望不到天涯海角，
这世界只是一个旅店，我们是匆匆的过客。
亲切的旅店风雨无阻的旅店，天意是让好汉给恶汉做伴。

热情、动听、豪放的伊犁民歌演唱结束了。汉人街整片河滩，沉浸在了欢乐的神曲里。东边赌钱的汉子们也站起来了，对面卖饭的妇女们也站起来了，两边听歌的移民们也站起来了，她们深情地向演唱者鞠躬，歌手们和乐手们也向听众鞠躬敬礼，一周一次的伊犁民歌自由演唱会结束了。伟大的民歌再一次地唤醒了沉睡在人们心中的爱，向往和要生活下去的决心。我们告别了这些可爱、热爱劳作的人们，但是我们没有告别民歌，

没有告别民歌带给我们的从前和现在。在伟大的伊犁河谷，民歌是我们忠诚的朋友，它没有让我们忘记，也没有让我们随心所欲，它是一种启示，让我们发现和开创了新的民歌、新的生活，它是一种安慰，在骨子里教会我们知足常乐，让我们热爱生活的细节，感受从这种细节里派生出来的乐趣，从而在人人争宠的这个人世，让我们看清了人的面目和生命的本质，从而我们看清了我们从前看不清的人和事，我们在大地上变得十分的轻松，民歌教会了我们宽容。

我是你永恒的民歌手，我唱是因为我爱春风和鲜花，荣誉和财富与我无关，我不是音质好会唱而唱，我爱民歌里的生活、理想、吃苦耐劳、苦难、无知、上当受骗，它们是我们昨天的历史，是对我们的今天起着潜移默化的作用的歌曲，因而我倾听它的旋律，研究它的思想，在热爱今天的长路上，走好我的路，让今天的意义检验民歌的今天。

第七章　我是你唯一的河流

我是大地的骄傲、时间的骄傲、人的骄傲，我是永远畅流不息的伊犁河。我的源头是巩乃斯河、喀什河、特克斯河。我的源头的源头是常年不化的雪山和千山万水、万湖千泉、千树万林、天上的雨水和地下的小溪，我是生活的源泉。

伊犁河是我们的母亲河。这个可爱的母亲在不同的年代一视同仁地养育了她所有的儿女，当我们成长起来的时候，我们更进一步地理解了母亲的从前，了解了她辉煌里的苦难，也了解了她勇往直前的历史。特别是在那些艰难的岁月，这个伟大的母亲，在河谷的一切殿堂和角落，抚育了众多的生命，给那些各地的移民落脚生存的机会，给了他们最早的机会，在今天的日子里把他们都培养成了前途无量的巨人，有机会的人，平静地过自己的日子的人。千年前的伊犁河，是一个宁静的港湾，那是风、千虫万鸟、动物的世界，百种鱼类从河里爬上岸来，和野狗、野猫、野鹿对话，和从河岸上游特克斯河岸飞来的野鸽子对话，给它们讲河里的故事，讲那时候还不会吃鱼的人的故事，在温暖的阳光下，欣赏鸽子的小嘴和圆圆的漂亮的小眼睛，欣赏它们的翅膀和好动的小头。

故乡的候鸟

在伊犁河鱼的历史上，这是它们的天堂时期，是它们自生自灭的时期，它们在这个伟大的环境里给我们留下了众多的故事，开始是鱼和鱼的故事，以后是动物和动物的故事，再最后是人和人的故事，再后来是人发现了地理，发现了自己，发现了江河、矿藏和石油天然气的日子里，人的活动占据了生物的活动，一切都以人为中心了，这时候的鱼就是佳肴了，动物的肉也是珍品了。人开始的时候和动物友好相处，后来发现它们的营养价值后，就开始公开地吃它们了。我们生存着的伊犁河谷，是中亚的富豪，她有多民族灿烂的文化，有多民族和睦相处，团结协作共同生活，你中有我，我中有你的金子般的历史，有劳作不息的男人，有倾国倾城的女人，有水资源、煤资源、铁矿、铜矿、金矿、银矿，应该有的都有。在漫长的历史时期，这些宝藏为伊犁人的成长、成熟、善良、成功提供了众多的机会，从而在伊犁人的性格中形成了开明、多情、友好相处、善交朋友、喜爱旅游、调侃、逗人玩的特点。这样的一群人中是非常有意思的，他们的素质决定了他们的生活质量，因为他们创造了独特的伊犁文化，在民间生活中用文明的方式团结了人民、团结了不同民族，意识到一个民族和另一个民族的和谐协作，是这个民族发展壮大的前提，也是这个民族的历史的福分，是他们的历史进步。比如在伊犁河谷出现了不同于和田、喀什、阿图什、哈密、鄯善、吐鲁番的麦西来甫。都是麦西来甫，都是一种娱乐方式，但伊犁的麦西来甫的教育功能、伦理要求、形式内容和南疆东疆的麦西来甫有很大的区别，内容丰富，形式也较复杂，有弹唱、演唱、器乐合奏，有小型活剧似的演出，这些内容都是独特的，值得研究，从而找出这片河谷文化中独特的东西。

也比如说伊犁民歌的产生和发展，都是那个年代人民生活中的喜怒哀乐，人们用歌的形式记录了那个时代发生的种种生活逸事，从而从这种智慧的选择里，派生出了歌手和琴手，器乐和声乐一同发展，形成了一种可喜的良性循环。在今天的伊犁河谷，给我们留下了太多的金歌名曲，极大地丰富了我们的现代生活。伊犁河的另一大功劳是在历史上作为河路交通做出了自己的贡献。特别是把东五县林区的原木运到了首府伊宁，对发展林业经济做出了自己的贡献。今天的伊犁河已经不结冰了，这与全球变暖有关，半个世纪前的伊犁河，冬天是冰的世界，那时候没有这么多桥，冰天人马车都走冰河，非常美丽壮观。从前的伊犁河谷，四季是非常鲜明的，冬天的雪是大地的美人，伊犁的天地像天堂的花园那样美丽，纯白的雪象征纯白的心愿，在人间和空间播种爱和希望。但另一面，这种大雪也给牧区的牧畜过冬带来了很大的困难，每年都有许多羊只冻死饿死。但这样的历史在伊犁河谷的今天基本上消失了。现在我们可以听到阿山方面类似的消息，那里每年都会发生人畜无法过冬的一些不幸的事故。伊犁河谷的春天是光明灿烂的，一个情况是，我们在这里闻不到初春的气息，当我们看到春花开了的时候，属于初夏的水果已经上市了，那是伊宁县早熟的杏子，比较而言，伊犁河的初春是不太明显的。伊犁最美的季节是夏季，一切都是这样的美好无比，夏果上市了，女人是水果最忠诚的朋友，因为风告诉她们这个讯息。无论大街小巷还是水果市场，只要有新上市的水果，女人们就在第一时间去买，而且在路上就吃着回来，甜笑着大口大口地吃，她们的形象是非常可爱的，她们亮丽的连衣裙，把她们美妙的身材衬托出来，给大地美好的风景。烈日把她们的体香洒在男人的归路上，蛊惑男人不要脸的情绪，让他们神魂颠倒，找不到回家的路，忘记家里苹果一样的妻子，在外馋别人的鸽子。

夏天。在伊犁，一切都好。伊犁的夏天像一个喝多了酒的爷爷，你可以得到你想要的东西，一是老人喝多了高兴，什么都答应，二是这个老人走到了晚年，心和行为都开始走向善，从而他对一切的顾客都是友好相处，鸭子过去鹅过去，要努力地在这个机会里留下自己最后的形象。而后是阳光、生态、空气、山区的旅游、和同学们的聚会，特别是和女同学们的交流，学生时代美好、纯洁、可爱、伟大、永生难忘的真情实意，同学一场，夫妻一场，都是命运的安排，都是需要我们非常珍惜的，是安拉和生命一起交给我们的幸福。伊犁的夏天是非常热的，当姑娘们在烈日下走在大街小巷的时候，伟大的太阳热光可以照出她们的躯体里鲜活的心动，让我们为这种可贵的存在高声歌唱，让我们为就要出现的百年光荣而骄傲，让我们为这些女人的光辉而劳作，让我们跟随心的感觉，走完男人的天性和冲动，留下我们自己的历史。

而伊犁的秋天又是另一个世界，是收获的季节，马牛羊都肥了，人心也肥了，是娶女人的季节。这个季节里嫁给男人使女人容光焕发，会用刚刚睁开了的第三只眼看生活、看人、看自己的从前。时间赐予她们智慧，给她们新的启示。男人和女人，结合在一起，发现生活是这样的美好，后悔自己浪费了青春，在应该在男人的世界发现自己的那些黄金岁月，却可怜地停留在了孤独的世界里，没有看到生活的全部。时间帮助他们看清了生活的全貌，认清了彼此的可爱、真实、伟大、可以和永生依附的归宿。秋后的女人，出现在从前的朋友中间的时候，她们会变得美好成熟，她会重新审视自己，会认真地面对从前的傲慢、幼稚、挑剔，去找她中伤过的那些阳光青年，用微笑，用她已受伤的身体吻他们纯真的心，和他们做朋友，把他们受伤的心和舌头、眼和前额请进自己的花园，分给他们一些自己最美好的故事，在走向一生成熟的路上，不断地修正自己。这也是伊犁秋天的财富，他们的成熟，也是伊犁人的成熟，他们的光荣，也是我们的光荣。

伊犁的冬天只是一个游客，它总是迫不及待地告诉我们它的存在，用它皑皑的白雪祝福我们今后的日子春风得意。伊犁的春天是河谷的使者，它告诉我们人的机会来了，花儿的机会来了，青春的机会来了，恋的机会来了，年代的机会来了，劳作的机会来了，让我们睁开所有的眼睛，看清自己的机会，在光明的人间向希望伸手。伊犁的夏天是一个成熟的女神，看着就让人高兴，你会贪恋生活，你会激昂地展翅你的理想，在你的潜意识里，坚定你的奋斗方向，未来引领你的爱心和勤奋，恩赐你勤奋和机会。于是你逐渐地成熟了，看到了阴阳的背面，一个男人一生应该有的一些经验教训，你都收集收藏了，于是你原谅那些丑陋和不负责任的冲动和伎俩。最后你会发现，伊犁的秋天是一个宽容的勇士，是一个哲学家，懂人，能读懂时代的要求，这一点也是伊犁非常美丽的存在。

　　伊犁是个好地方，这个好是粮食多。在历史上，这是伊犁最值得骄傲的一个方面，也是给你们人争足了脸面的地方。当年，别的地区为吃粮奔忙头疼的时候，伊犁的粮食无私地支援了那些热血心肠的兄弟姐妹地区。然而，伊犁在全国的知名度，有待于我们做进一步的介绍，我们只是一种地理上的遥远，并不是文化、财富、人文上的遥远。二十一世纪现代人应具备的生存条件和理念，我们都有。我们在希望、在奋斗、在劳作，今天的伊犁不是从前的伊犁，我们在发展，一代代的人在进步，同时也是那个时代的伊犁，山水、土地还是那个时候的伊犁。我们无法与沿海比，和我们自己的从前比，伊犁在发展，伊犁是一个可爱的、亲切的、美好的地方。王蒙笔下的伊犁是非常美好的现实，是诗情画意的家园，王蒙深刻地描绘了自己的血肉认识。磐石般坚硬的男子汉林则徐来了，走了，他留下了什么，带走了什么呢？留下了人心，带走了人心，这是一种交流，是心的交流，他利用了苦难和不幸，在民众中找到了自己的位置，在有人的地方，用另一种形式，继续着自己的事业，思考人民的生活，组织人民，团结民心，融入民生生计，留下了自己的功绩和英名。林则徐不是带着他苦难的心到伊犁来的，而是带着一片爱心到这个河谷里来的，因为他信在有人的地方，他的爱国爱民的心，都能找到同志和朋友，找到知音和愿献身国家利益的赤子之心。这样一种博大的胸怀，让林则徐在这个金色的河谷走进了民众的生活，看到了他们的需要。从另一方面来讲，他也可以在伊犁过宁静的生活，读书，和客人谈天说地，到民间去寻找乐趣和意义，在陌生的文化群体里寻找志同道合的朋友，在等待中度过那些沉闷的日子。但是他没有这样做。无论环境多么恶劣，他都没有忘记自己的使命。他是超越了自己时代的一个英雄，他在一八四〇年的光阴里，看到了一九四〇年的中国，看到了二〇〇四年的世界，这就是他的伟大。他活着的时候，就已经看清了自己将会永垂不朽，所以敢于和那些经济入侵和武装入侵、政治入侵的强敌碰硬，代表中国的历史和国人的骨气，敢说不，把时代的潮流亮给人民，看谁是真正的英雄。这个勇气从何而来？从爱国爱民的赤子之心中而来。林则徐的到来，在伊犁河谷这片热土上，留下了一页历史和亘古的思索。

前年的伊犁河，是一幅幅流动的油画，是水面上漂浮的神话。两岸自由亲切骄傲的马牛羊，两岸四百多公里风景如诗的次生林，在河面上自由飞舞的候鸟，在神秘的森林里游玩的动物，都是这些油画永恒的骨架和生命，是我们永远的朋友。

伊犁河大桥下游三公里的地方，有一个大水湾，岸上是美丽的白杨树，有少量的垂柳，像好女人的心，闪闪发亮。我们常常在这里谈情说爱，河对岸的次生林，可以听到我们的情话，野鸽子们飞过来，舞在我们身边，把遍地小野花的香味送到我们心上，让我们的爱情沐浴在花香的世界里，给我们传送森林里飞鸟的爱恋和它们的心曲，欣赏我们甜蜜的亲吻，在它们的心里，存留我们的形象，让它们感受人和动物共有的爱、忠诚和要活下去的本能。这样的时候，我就会在河面上看到一幅幅壮美的油画，首先是克里木先生的珍品出现在我的眼前，他的神奇在于他画出了维吾尔人性格中永远欢乐向上多情善感的一面，画面上的舞女神气活现，光彩照人，先生画出了一个民族歌舞的灵魂和气质，这是我们的法宝，在新疆伊犁的任何一个角落，在苦难的年代也好在小康的人间也好，我们都能见到这个闪光迷人的法宝。这是年迈的人们，黄金岁月里的贵人，青春岁月里的自由鸟共有的财富，它让我们信未来，信未来的歌和舞，因为这个法宝引导我们劳作不息，在劳动的过程中，铭记祖辈赐我们的旋律。油画上的一双眼睛来到了我的眼前，和我怀里的情人的双眼融在了一起，动人，像千年前的爱眼那样干净，让人放心，让人一爱便是一生，心想事成，走好每一个早晨。夜，在爱人温暖的怀里收看天堂的歌舞，在知足的人间天地常乐，在美丽的金光玉体里满面汗水，死去活来，为每一个新的日子而奋斗，在机会无限和恩爱永存的人间，播种童年的梦想。

而后出现在我眼前的是哈孜·艾买提先生的油画，这幅千古的《木卡姆》，是从河对岸的森林里漂过来的。候鸟和河面上的神话静下来了，它们为这幅伟大的杰作而流泪。风停止了骚乱，在静静的河面，躲进了神话故事的后面。油画漂到我们的前面停了下来，每一个人物都是我精神世界里的导师，他们在过去的岁月里，在我苦闷的心田和欢乐的果园，赐我希望的歌，给我勇气和力量，要我睁开第四只眼看大地，寻找我自己的机会。画中，那个露着胸毛的老年琴手，是我崇拜的民间艺人的代表，在伊犁河谷所有的地方，在乡村街巷在城镇有人群的地方，我们都可以找到这种可敬的琴手和歌者。在新疆的任何一个地区，我们可以在没有任何准备的情况下，在一切的大街小巷里，都能找到理想的琴手和歌手。伊犁人，人人都是歌手，人人都是琴手，伊犁是一个没有围墙的音乐学校，教师是学生，学生又是教师，千年来，他们就是在这样的一种现实中走过来的，也因而留下了太丰富的音乐和独特的旋律。歌的伊犁，舞的伊犁，音乐的伊犁，笑话的伊犁，资源的伊犁，生态的伊犁，伊犁的特点几乎是很全面的。画面上的二号人物是一个女歌手，她是我们千年来女歌手的一个代表。而在我的心灵深处，她是活着的帕夏伊夏，是伊犁的百灵鸟，是伊犁的骄傲，是从民间走上殿堂的人民歌手。在文艺史上，众多优秀的艺人，都是来自民间，出在弱势群体中天才的人员中，这个真理是非常可爱的，是非常有意思的。有钱有机会有时间有地位的人，总是不好实现把子女培养成一流人才的目的，这里缺少的东西，不仅仅是天赋，重要的是缺乏勤奋和人间情怀，缺乏不能和大众一起喘气的超脱。

歌神帕夏伊夏是二十世纪和二十一世纪最幸运的一个歌唱家，她唱了半个多世纪，在众多的舞台，在广播里，在电视里，在我们的心里。她用自己神秘的歌声留住了那些不幸的心灵。时间首先恩赐她才能和神奇，而后让她做了人民的女儿。她的旋律是我们那个时代不能忘记的记忆。它留住我们在不同年代的记忆细节，它是我们成长的见证。帕夏伊夏是新疆各民族人的歌手，是我们的一个福分，她的精神、风格、力量、爱心对今天的艺术和明天的研究者，都是一个全新的课题。

在哈孜·艾买提大师的这幅千古油画里，每一个人物，都代表了在民间传唱的千万人，因而它的震撼力是巨大的。当我开始在这二位大师的精神世界遨游的时候，河水把伟大的徐悲鸿的名作《田横五百壮士》立了我的眼前。画面上的人物，至今活在我们的心里，他们的精神追求从前和现在，在世界的每个角落，都找到了朋友和知音。画面上的蓝天是伊犁的蓝天，没有那种拖泥带水的杂色，壮士们背后的树是伊犁河岸高高的白杨树。而后在我的眼前出现了伟大的列宾和他的千古名画《伏尔加河纤夫》，我看到了俄国的苦难，看到了同在为人类的命运思索的哈孜·艾买提，看到了徐悲鸿和列宾的美学思想和哲学思想，他们在不同的时间和国度，画出了民族的灵魂，画出了人类曾经的存在和苦难的千古大师。一八七〇年的列宾，一九八〇年的哈孜·艾买提，一九三〇年的徐悲鸿，在不同的时间和地点，发现了人的不平等和人的苦难和幸福。在他们的内心世界里，出现了巨大的三个字：为什么。从而在他们的成熟期，出现了全人类各民族都敬仰和崇拜的艺术。列宾带着他苦难的纤夫们走了，只说了一句，"他们都是人不是畜生。"

我是你唯一的河流

人类有过光荣的时期,也有过耻辱的历史,当把人不当人的时候,人类的灾难出现了,人类在伟大的战争中回到了正义的轨道上,把和平鸽请到了自己的家园。

而后,光荣的波提切利带着他的美女图来了。女神出现在了我们的眼前,我紧紧地抱住了情人,我怕她会变成波提切利神笔下的女神,离开我的生活和世界。它们是最早的天使,像伊犁姑娘一样,是我们的安慰。感谢波提切利在几百年前神游到如诗如画的伊犁河谷,画下了我们金不换的伊犁姑娘,让人吃着想、梦着想的伊犁姑娘。以爱情的借口,时间把男人和女人裹在一起,窥视他们的游戏,把出头露面的机会,给了男人,把缰绳秘密地留在了女人的手里,控制我们使用的语言,让我们优美地在他人的舞台自演自唱。有的时候,我们是我们自己,有的时候不是。我们在得到甜蜜的爱情和天堂感觉的同时,也很漂亮地失去了我们的位置、爱和时间的自由。然而,时间思考的时候,又把属于我们的东西还给我们了,我们又抓住了那天神绳。

河水把波提切利的画卷带走了。风从林子里飞出来了,它们同时带来了伊犁人民骄傲的天才画家波力亚和艾尼的作品,前者是俄罗斯血统的一位可爱的天才画家,我去过他的画室,我站立在他精神艺术的田园里,长久地遐想。那幅少女像,让我思绪万千。让我想起那些热爱生活,懂生活,在纯洁友谊的河床里,播种未来的倩女们,还有她们的梦想,和在梦想的道路上,哺育鲜花的苦难和幸福。在这幅画前,我有一种亲切的,美好的、可爱的、伟大的理想，让美好的青春，衔接美好暮年的愿望。这是一幅标准的伊犁姑娘的画像，让人爱不够的伊犁姑娘，在画家波力亚神奇的画笔下，变成了我们精神生活里的希望和安慰。从波力亚的美术思想里，派生出了鼓舞人心的技巧，诞生了可爱的双手双眼。我朦胧地意识到，可能没有纯粹的艺术，在每一幅作品里，都有画家的思想和境界。每次看那幅少女像，我都有不同的感受。一方面，十分地热爱自己的存在，享受活着的意义和乐趣。另一方面，又十分地向往未来。这是我崇尚波力亚美术作品的原因。他的画教会了我自爱，也教会了我自罚。

　　后者是维吾尔天才的画家艾尼先生。一个可爱的男子汉，一个了不起的美术教育工作者。他带着他的学生，走在汉人街人群里写生的形象，是非常可爱的。他的静物画，不仅仅是小康人家庭院生活的写照，而且是维吾尔族人民的一种生活方式，活生生的母亲们、父亲们、姐妹兄弟们，都在那些静物画里生活着，笑迎日新月异的日子，笑看新一代人的成长。艾尼的光荣是他发现了自己，发现了生活内在的甜蜜，他属于油画世界，因而他不看重流金岁月里的花花绿绿，只为心中的艺术劳作，报答生他养他的这个伟大的伊犁河谷。在波力亚和艾尼的艺术生活中，有一个共同的东西，那就是他们每一天都生活在自己的油画天地里，这种热爱和脚踏实地，是他们成熟、善良、成功的基础。

　　但是，我们不能忘记从前。这条河也有过它混浊的时候。

在有些年份里，屠宰场的污水，会出现在河面上。这样的情况只出现在秋天的时候，因为屠宰场要为市民们准备冬肉。屠宰场在河岸上游，那是一个美丽的地方。宰羊场西面是无边的草原，也是一个天然的羊圈，买卖羊只的人们，把从四面八方收购来的公羊，都赶到这里来，卖给宰羊场。秋天的宰羊场是很忙乱的，母羊们都留在了主人的手里，因为在明年开春的时候，它们要给主人产羊羔，这是它们受宠的唯一原因，而绝不是毛好看，叫得好听。那众多的公羊，只有被出卖的命运了。每年秋天，屠宰场都要宰一个多月的羊，肉处理好，储存在冷库里，来年春天的时候，投放市场。羊皮子有专人收，羊头和蹄子也有人收，剩下的一切，肺、肠，都要扔进河水里，这是百年前的事了。现在那个宰羊场已经不存在了，它已经变成了一个故事，是从老人们的嘴里留下来的故事。

那个年代，买卖羊只的活畜市场最大的老板是图尔君。是一个很了不起的人，是一个做大买卖的人，脾气好，特会算账。那些小商人，用笔倒腾阿拉伯数字的时候，他抽两口苦苦的莫合烟（卷烟），嘴巴动几下，上千只羊的账，就会算出来。能吃，一天只吃一顿饭，都是在中午，一顿能吃一个小羊羔，是一个巨人。那个年代宰杀的羊，全部是地方羊，比现在的羊大，羊毛是家家户户都需要的必用品，可供做毡子用。后来，培育了细毛羊，羊毛变成了急需的工业原料。一个很有意思的情况是，从各地被赶到这个屠宰场的羊，在羊圈里闻到羊血后，都不进屠宰车间了，用悲愤的眼神诅咒那些商人。后来，图尔君想出了一个办法，这个办法沿用至今。他从牧区买来了两只大山羊做领头羊，是那种长胡子的白山羊，让它们带路，把众羊都骗进宰杀车间的断头台，自己从左边的便门溜走。在那个年代，有太多的羊，就这样地被骗进宰杀车间，上了断头台。肉在冬天让人们吃了，皮子让商人送进了巨商玉山巴依的皮革厂。后来，民间出现了一个新词：我不是玉山巴依的儿子。意思是说，我不是富人的儿子。羊头羊蹄子，让商人们弄到城里去了，在众多的小吃部里、喝酒的馆子里，羊头肉和羊蹄子，让酒男人们下酒了。那个时代结束了，那些领头羊们也都死了，但是新的领头羊们没有消亡。

伊犁河是中国西部最理想的一条自然生态河流。四百多公里长的流域，给可爱的河谷人民留下了太多的可能，这是一条流金的河流。它的三条支流是巩乃斯河、特克斯河和喀什河。自古为伊犁河谷的富足，做出了巨大的贡献。它是类似神话一样的河流。河两岸的景色是说不完的，有太多的千年万年的古树，有众多的动物，有巨大的、通人性人心的白桦树，有太多的珍稀动物，河里的鱼类也是非常丰富的，像伊犁美女一样漂亮的鱼，激动人心，吃在嘴里更是一种火一样热烈的幸福。

巩乃斯河两岸的森林是天然的旅游胜地，是游人发现自己和发现大自然的最佳机会。天上看还是地下看，都是一种奇特的、激动人心的美，给人一种纯洁和高贵的感觉。像挪威的森林，山下山中都是松树，都是碧蓝的流水。河水从山区流出来以后，在流进特克斯河的时候，两岸又是另一种美景，远处是草原，近处是次生林，在汇入伊犁河前的百多公里的河岸，是候鸟的乐园。这是它们伟大的、安静的家。如果不是伊犁河谷一百多座煤矿，伊犁河谷的生态是保不住的，那些自然森林早已是不存在了。我们大街小巷的树，众多辽阔乡村的树，也会和南疆乡村的树那样，都是小老头，只有一小节树身，没有完整的完美的主干和枝条。因为没有无烟煤，老百姓每年砍树枝烧柴过日子，那些树基本上都没有样子。伊犁河两岸的风景是无限的，蕴藏着人间各个时代绝美的神话，闪现着我们的祖辈留下的劳作和财富。在特克斯河流入伊犁河的衔接处，两岸是茂密的次生林，有的地段林子在水里，那些幸福的树木温馨地接受暖水的洗礼，水从它们的身、它们的心、它们的影、它们的历史中流过，为它们的存在和它们的生机勃勃而兴奋，为它们慷慨护佑千虫万鸟而高兴，为它们在所有的四季保住了候鸟和动物的秘密而欣慰。次生林借助风的力量，向远古的河水告别，众多的根连根的树木，静静地回忆老树留给它们的经典故事，为今天的繁荣昌盛祝福。这时候的河水，亲切地流淌，开始闪烁人气，骄傲地歌唱，让心中的鱼在爱的甜水中游来游去，在急拐弯的地段，小声地酣唱千山万溪在爱的旅途中赐予它的金歌名曲，唤醒在林中酣睡的爱鸟，吵醒在林里秘密地爱恋的流浪动物，带着它们梦中的故事和现实的欲望，流向新的流域，让沉睡的千年古树睁开眼睛，让沉睡的土地感知它的到来，邀请飞翔在天空的候鸟在自己的岸边做客，而后匆匆地流向伊犁河渡口，和古老的渡船会面，和巨大的船员对话，问候那长长的铁链,流向它永远的目的地——哈萨克斯坦国的巴尔喀什湖。

　　说不完的伊犁河。也是在历史的长镜头里,吞吃了许多美丽姑娘的伊犁河。为什么失恋跳河的都是姑娘们呢?那些狗日的男人们,在孽床肆虐,不怕时间最后的审判吗?不怕良心的折磨?不怕人间的唾骂?多么勇敢的姑娘们啊,也只有伊犁姑娘才敢为爱而死。她们的高傲是有价值的,是用血的代价换来的。是啊,在一个没有爱情的人间活着有什么意思呢?在一个被侮辱了的情爱世界里苟活着,还有什么意思呢?"文革"的伊犁河,还记得一位纯情姑娘的不幸。河水为这个天才的歌手哭了七天七夜。河水痛哭的时候,整个河面都是泪泡。可爱的海丽还是一个琴手,她的手风琴在伊犁河谷是有名的,而她本人也是一个公众人物,家家户户都知道她的名字和歌声。在海丽准备结婚的时候,她的王子,那个狗日的鹪球的父亲坚决不干,因为海丽的父亲是一个有名的地主,是全河谷人民都曾高喊打倒过的知名的地主。她的鹪球王子沉默了。男人该说话的时候不说话,男人成长为一棵大树的代价,的确是太大了。海丽提出了逃婚的要求,鹪球说往哪里逃?那边吗?这也是伊犁人发明的一个专用词,那边指的是苏联,是今天的哈萨克斯坦国。海丽说不,往南疆逃,我们会在任何一个有人的地方,靠双手生存下去。但是鹪球没有勇敢地站出来,在一个没有星星的长夜,说了许多许多没有性别的话,和海丽分手了。说这是命运,我们没有缘。在鹪球结婚的前一天,河谷人民听到了这个天才的琴手的死讯,都在心中为她哭泣,众长老们和民众,向着伊犁河的方向，为她祈祷，让她的灵魂在另一个世界安息。长老们说，我们的好女儿，你是不能这样做的，生命是安拉寄存在我们这里的一个宝物，我们任何人都无权私自处理这个生命，你是一个女性，是一个要做母亲的人，你应该留下你肉体的种子和爱的种子，应该在安拉的阳光下走完你的人生。都结束了，这个消息传到蔫球的婚场上的时候，海丽的朋友们都退了出来，蔫球多一半的朋友们也都回家了。而蔫球只说，没什么了不起，生生死死的世界，今天是你，明天是我，都很正常。他兴奋地入了洞房，开始了他的初夜生活。他娶的那个姑娘是一个胖女人，性感，屁股大，是那种专生儿子的宝贝。但是蔫球第二天没有高兴起来，不是第二天，而是在做爱的过程中发现情况不对，胖女人的身体好像见过世面，蔫球没有找到感觉。时间过去了，黎明的灵魂照亮了阴暗的窗户，大地也睁开了眼睛。按照习俗，早晨，朋友们来接他到自己的家喝茶的时候，他听着朋友的笑问，也没有把实情告诉他们，说，一切正常。但是内心的痛苦，自己知道。他强笑着，喝完茶，开始想对策的时候，他软下来了，开始审视自己。他想起了那个为爱而死去的海丽，他认了，他说这是报应，我曾破了海丽的身子，因为我，她离开了这个人世，我是一个罪人，我应该接受这个惩罚。好多年以后，蔫球的儿子和自己一样高的时候，儿子说要娶自己心爱的那个情人，胖女人不同意，说那个女孩子的父母是移民，是民间情绪不能接纳的那种人群的分子，不是土著人种，不是塔兰奇，名声不好。蔫球支持儿子，把儿子的爱，娶到了他的手里。其实在他这个勇敢的决定的背后,有一条人命,海丽的死最后唤醒了他的良知,更重要的是他长了见识,找到了自己的智慧。后来,他总结和海丽的历史情恋说,其实那个年代我不懂爱情,我爱的是海丽的歌声和琴声,爱的是她的肉身,而不是她的心灵和灵魂。但是他没有为自己的行为画句号,而是在一切的好日子里,来到千古的伊犁河,站在当年海丽跳河的那个地方,为她祈祷,回忆和她在一起的峥嵘岁月,在心里为她哭泣。

另一个可爱的姑娘是十年前死在这条河里的莱丽。这是维吾尔人很喜爱的一个名字,莱丽是一个穷人的女儿,父亲在汉人街的劳工市场打短工。莱丽是个舞蹈天才,她读中学的时候,老师让她报考艺术学院,最后帮助她读完了舞蹈专业,毕业后回来在市里的歌舞团参加了工作。这时候,在市人民银行工作的一个叫杰然的英俊小伙子爱上了她,他们恋爱了,生活在他们人生美好的时期,给了他们一次新的机会,他们尝到了爱恋的甜蜜。最后决定结婚的时候,杰然的父母,全家,他们的家族都反对这门婚事,杰然父母的意见是,这女孩子的家庭和我们不配对,而杰然坚决不干,说我娶的是莱丽,而不是她的父母亲。后来,杰然的母亲把话说得更难听了,她自己再美,也是一苦力的女儿,苦力一般都是要饭出生,我们绝不同意这样的亲事,伊犁河谷是仙女的乐园,什么样的美人没有,你只顾你自己,我们的脸面往哪里放?人家说你那个亲家是要饭的人,我怎么见人?但是杰然没有后退一步,坚持说要娶莱丽,说，如果你们不管，我们自己结婚，过我们自己的小日子。杰然的母亲听到这话后，怕了，于是她到市歌舞团，找到了莱丽，当着众演员，骂她是一流的瓜皮（破鞋），把她的比她小几岁的儿子混到了手，还要嫁给他，骗他儿子的钱，是一等的不要脸。如果不离开她的儿子，她要派人打断她的腿，让她永远也跳不成她的瓜皮舞。莱丽的同事们都很吃惊，因为她们知道莱丽的品德和作风，都替莱丽说话，说，你是母亲辈的人，怎么能这样侮辱一个弱女子呢。杰然的母亲更来劲了，说，你们说一说，你们愿意娶一个苦力的女儿吗？愿意嫁给一个苦力的儿子吗，从今以后，如果这个不要脸的臭瓜皮再缠我的儿子，我要她的命。莱丽哭着，一句话也说不出来，就跑回家了。当天夜里，她留下了遗言，第二天早晨，来到静静伊犁河，跳了下去，结束了她美丽的生命。出事后，杰然哭得死去活来，几天不吃不喝，住进了医院。而莱丽的父亲，让人读了女儿留下的遗书，把杰然的母亲告到了法院。法院受理了这个案子，说只能调解，但是双方都坐不到一起。杰然的父亲也后悔了，后悔不应管孩子们屁股上的这些事，他想用钱堵他们的嘴，息事宁人，但莱丽的父亲不干，说你给我一卡车钱我也不要，我是一个苦力，我干活儿吃饭，不爱你的赃钱。于是继续告，要以血还血，一命抵一命，要她死给他看。这样，莱丽的父亲，几乎每天都要到杰然母亲工作的单位来，给大家讲这事，有的时候去她们住的社区，给街坊宣讲女儿留下的那个遗书，说是杰然的母亲杀死了自己的女儿。这样的情况继续了一段时间后，报社的一位记者，向市里的有关部门写了一个内参，全面地介绍了情况。于是，市长要法院的院长出面调解这件事。院长见到了莱丽的父母亲，她们的家可以说是一贫如洗，是那种挣一天吃一天的社会底层的穷人，两间土房是他们自己盖的，在汉人街东边公墓边角，建筑公司取沙石的地方。从前，这里基本上是没有人管的地方，都是弱势的人家来这里窨住。院长说了许多，意思是，女儿是自己跳河而死的，不是杰然的母亲把她推下去的，这只是个道德问题，在法律上不好做明确的判决。院长手下的人带了一些面粉和清油，还有一只羊肉，安慰莱丽的家人。但是莱丽的父亲还是不松口，说他一定要以命抵命，公家应该管这事，如果不管，他要去自治区找大官，他的女儿不能白白地死。院长不高兴地走了，向手下的人说了一句维吾尔成语：瘦牛屎大。意思是说穷人话大。一个月以后，在市长的追问下，院长又来到了莱丽的家，莱丽的父亲还是没有好脸。这次，院长和他拉起了家常，当他了解到莱丽的父亲曾是从喀什移民来的时候，笑着说自己也是喀什人，是出生在伊犁的喀什人。院长高兴了，有了这样的一个基础，他想，今天可以办好这件事。他说，事情已经发生了，尸体也找到了，我们都是凡人，人的生死是安拉的事。你说你要那个女人的命，这是不可能的，因为她没有可以抵命的罪，我们已经决定了，用经济补偿的形式，解决这个问题。如果你要钱，我们给你钱，如果你要房子，我们在市中心最好的地段给你购置房子，家具也给你配好。莱丽的父亲没有说话，他的可怜的脸和眼睛仍在苦难的深海里哭泣着，他愣在了那里。而蹲在角落里的母亲，开始伤心地擦泪，右手抓住破烂不堪的毡子，回忆鲜花一样的爱女。院长坐了一会儿，说，那好，你们先考虑一下，我过几天再来，但是请记住一点，我们是老乡，我是会为你们说话的。这时候，莱丽的父亲说话了，我什么也不要，我只要法院判那个恶毒的女人的死刑，我是一个卖苦力的人，只要安拉让我活着，我就不会找不到一个半个馕吃的，只要汉人街的苦力市场存在一天，我就饿不死，我就要为我的女儿雪耻，你们想一想，无论怎样，那个女人是一个母亲，一个母亲能这样侮辱一个女孩子吗，可见那个女人的心是狠毒的。我要把这个事情办好，让我女儿的灵魂在那个世界里安息。如果你们没有力量办这件事，我有力量，我会解决好这件事。我是一个卖苦力的人，我靠双手吃饭，我没有伤害过一只蚂蚁，未贪恋过别人的一针一线，我为什么要遭受这么大的灾难呢？我是一个人，我不是狗不是驴，所以我要反抗。

院长走了。莱丽的父亲，开始在一切有人的地方，向行人游说莱丽留下的那个遗书。几个月以后，全市人民都知道了这件事，大家说什么的都有，有人说这是命，有人说，他们为什么不用钱堵住他的嘴，有人说，谁知道那个遗书是真是假？有人说，这年头，最好不要找法院，进进出出都是钱。就在这个时候，发生了谁也想不到的事。杰然的母亲一天发现机关里的一个贫舌少妇在议论这件事，向同事们说她的坏话，说她年轻的时候才是瓜皮，在办公室里，和上司脏来脏去，臭名在外了，不要脸的脏女人是她自己。她抓住那个多嘴女人的头发，那女人猛地转过身来，发现是她，快速地几个耳光扇了过去，而后向她下身的那个地方踢了一脚，杰然的母亲肥大，没来得及还手，那女人又一头顶在了她的鼻子上，鲜血流了出来，倒在了地上。杰然的母亲倒下去不动了，同事们叫来了医院的救护车，把她送进了医院。原来她有心脏病，当天就死在了医院，那个多嘴的女人让公安局的人带走了。杰然的母亲就这样离开了人间。莱丽的父亲听到这个消息后，说，我的事也结了，我该安心地做我的苦力了。安拉帮我摆平了这件事，安拉是全知的，是万能的，是有眼睛的。这件事的结局，就这么悲惨地结束了，一命拉走了一命。然而那个伊犁河，它仍旧静静地流着，人间发生的悲剧，它不知道。

民间有说法，人死后，一般的情况下，不要过夜，当天入土为安。当天的不幸，结束在当天。不然，还会发生新的灾难。莱丽的父亲告了两年，全家生活在一种伤心落泪的悲愤里，生活在一种不正常的情绪里，最终杰然的母亲感情冲动，动手动脚，给自己带来了灾难。如果，他们尊重儿子的选择，这时候是该抱孙子的时候了。当人们生活在一种等级的情绪里的时候，我们就开始远离了低层，远离了公正，远离了真理，我们的圈子越来越小，悲剧就已经跟上了我们。

这是一条会讲故事的河流。在它的河床里，蕴藏着太多的故事。那些高贵的青黄鱼，曾带着这些美丽动人的故事，流出国界，把它们洒在异国的河水里，让千万种鱼类的大家庭，欣赏它们的语言和历史，把伊犁河谷的美，带给他乡亦美的鱼类。

在巩乃斯河北岸的那个村落，曾发生过这样一个故事。姑娘是全村最美丽的一朵花，叫斯坦，眼是眼，眉是眉，嘴唇自己说话，当地人说，这个村，百年来还没有出现过这么动人的少女。于是很多的小伙子都打她的主意，但都没有得到她。在离她们村五十公里远的地方，有一个牧场，小伙子吾，接受了父亲的一笔遗产，在这片无边的草场开始了他育肥马牛羊的事业，走上了一条致富的好路子。吾是在半年前，到斯坦她们的村子里卖羊只的时候发现她的。他第一眼看到了她的小嘴，像古代画家画的美女一样漂亮。他了解了一些情况，知道了斯坦家里的大概。后来他又来过几次，但是没有见到斯坦，这时候的斯坦，是村里小伙子们你争我夺的偶像，许多鹰都想叼这个小天使。但是十八岁的斯坦还不知道什么是爱情，她只知道有许多小伙子都在追她，他们个个都是一只只猎鹰。她不知道哪只鹰更好、更长久。当吾第五次和助手开着车，来到村里卖羊的时候，在村头的路口发现了斯坦，他让司机停下车，问了一句斯坦，好姑娘，你是要去什么地方吗？斯坦友好地笑了，是乡村姑娘那种不设防的憨笑，说要到镇上去，在等班车呢。吾心想，机会来了，也只有抢了。他友好地向斯坦说，我也正准备去镇里呢，我带你一起走吧。斯坦甜笑着上了他的车，像那种甜甜的小羊羔一样上了他的车。司机开车了，他们来到了小镇，吾陪着她在一家小商店里买了一些日用品，是香皂肥皂之类的东西。吾抓紧时间向她表露了自己的爱情。但是斯坦的脸上没有了笑容，她不能理解在路上表达爱情的这种方式，而且她不了解吾是一个什么样的人。吾坚持要送她回家，斯坦很不情愿地上了他的车。吾让司机坐车厢了，自己开着车出发了。路南路北是碧绿的草原，雪白的绵羊低着头，和那些静静的甜草亲吻，给它们讲述它们的祖辈留下的草原神话。风从草原吹过来，把车厢里斯坦的美发吹飘起来，把她的体香送给笑着开车的吾，而后从车厢里飞出去，飘向南岸的羊群里，把车里的信息告知那些羊只，而后消失在伊犁河岸边，把下一轮机会，留给那些无名小野花，让花香追赶斯坦和吾，让它们的价值在人的气息里升值，为人的行为唱它们的野曲。

　　当车开到半路的时候，吾笑看一眼跟前的斯坦，把车开进了南边的小路，斯坦不解地看了一眼吾，她怕了，说这是上哪儿？吾说不要怕，我会送你回来的，我请你去看看我的牧场。斯坦说，不，我要回家。吾笑了，说，好女孩子早晚是要嫁人的，你先看看我的家，如果高兴，我们再多交往一段时间，这样你就会了解我的。斯坦不知道该说什么好，也怕，不停地看吾的脸，但吾很自然，只是笑，用笑脸稳住了她的心。半个多小时后，车开进了吾的牧场。吾比斯坦大八岁，是一个成熟的牧场主。斯坦走下来的时候，河边的这个美丽的牧场，开始在她紊乱的心绪里，产生一种亲切的印象。河对岸向阳的地方是一排住房，刷得蓝蓝的，亲切，让人喜欢。左侧是一排羊圈。躺在白杨树下的牧狗看到吾，站起来晃着尾巴，来到了吾的跟前。斯坦不安地和吾走进了一间屋子，吾让她坐好后，走出来，和妹妹讲了几句话，而后家佣和妹妹走进了斯坦坐着的那间屋子，她们友好热烈地欢迎斯坦，用好话稳住了她，说哥哥总是这样，经常带一些姑娘回来做客，有的时候举办家庭舞会，说她们非常欢迎斯坦的到来。这时候的斯坦才松了一口气，脸上也开始放松起来。而后，家佣带来了吃的东西，有热茶，但斯坦的心思不在这些东西上，她很想回家，但是走不了。吾的妹妹第二次邀请她喝茶的时候，斯坦动了一下茶杯，这中间吾的妹妹和女佣退出了房间，接着吾走了进来，还是那个笑脸，还是那么友好，人见人爱。他开始给斯坦讲自己的情况，讲他的家族，讲他成长的情况，而后讲他的今天。天渐渐地黑了，斯坦时而看着窗外，很是担心，她说她要走，请他送自己回家。吾笑了，说不急，他是一定要送她回去的。这时候，吾坐在了斯坦的身边。斯坦有点怕，吾抓住了她的手，斯坦站了起来，吾抱住了她，而后的情况就很乱，斯坦叫了起来，但是她没有力量从吾的巨手里挣脱，吾像抓羊羔一样把她抓到了床上，斯坦这时候真的怕了，她知道下一步将会发生什么事，而吾的脸仍那样好看，他只是友好地笑，在笑的过程中嘴不停地讲着安慰斯坦的话，用巨手和强有力的双膝压住了她的双手和双膝，随着一声剧烈的尖叫声，斯坦告别了自己的那个时代，在没有任何思想准备和身体准备的情况下，就这样无情地躺在了一个男人驴一样发臭的躯体下。而后的哭声，就基本上没有什么意义了。当吾的骚劲疲软的时候，斯坦躺在床上，一点声音也没有，死人似的躺着，静视雪白的墙，不知道该说什么。吾把被子给她盖上了，就这样和她睡到了黎明。黎明的味道从窗缝里溜进来的时候，吾穿好衣服出去了，在他的牧场，黎明的光辉，在等待他的到来。

　　家里的女佣是一个四十多岁的人，离婚后，和可怜的儿子一起住在吾的牧场，管理他的家务。她知道今天的情况，所以备好净身热水，没有睡觉。在吾领着斯坦进屋子里的时候，他向家佣讲过，这是他想要娶的女人，可能要过夜，请她耳目灵敏一点。家佣把净身用的热水和一个大盆子，送了进来。盆子落地的声响，惊醒了床上的斯坦，她问她说，你是这个家的什么人，家佣说是佣人，她请她起来净身。家佣出去了，斯坦哭着洗了身子，她的红，从她的心里洗出来的红，染红了纯洁的水。她回到床上，睡着了。第二天，天蒙蒙亮的时候，家佣走了进来，把盆子里的污水端了出去。喝早茶的时候，吾没有进来，他给家佣讲了许多，要她按他的意思办。于是家佣陪她喝了早茶，斯坦没有动手，她仍在悲痛地骂着吾，说他是天下一流的流氓、骗子。家佣说，好姑娘，喝点茶，不要悲伤，女人的幸福就是这样，它总是在我们痛苦的时候来拥抱我们。斯坦看了一眼家佣，说，你第一次睡男人的时候也是这样一夜流泪流血吗？家佣说，不是的，花儿和花儿不一样，人和人也不一样，我是和音乐一起入新房的，但是我没有笑到最后。小妹，婚姻，我总结了，要看它是怎样开始的，那些过程又是怎么延续的，最后的归宿又会怎样，这些，都在决定一个女人的命运。吾是一个很有钱的人，主要是一个好人，他一直想娶一个心爱的女人，他能看上你，是你的福分，也是他的幸福,你应该高兴,这不是坏事,不是可怕的事,而是一个好事。在我们这一带,有许多姑娘都想嫁给他,但是吾看不上她们,有的人也想把女儿嫁给他,但吾也看不上,见过一面后,就不再见她们。吾是一个独特的人,他能看上你,是你的命好,前额有福,你们前世有缘。吾对女人的要求是很高的,一是要漂亮,二是要会说话,让人看着也不饿肚子,说这样的女人,才能把家的福气财气留住,传承给下一代人。他说,男人是外面的风,男人一生飘来飘去,都是为了自己的虚荣和财富,而女人是家的温馨,是男人安全着陆的灯塔,是传承男人香火的女神。家佣把吾教给她的那些话,一一地讲给了斯坦。斯坦的眼开始发亮了,她昂起头,看窗外的晨景,像一幅昂贵的油画,树立在那里,可爱辉煌。家佣发现她的眼像宝石那样晶亮,亲切,是一切男人心灵深处的火种。但她也看到了她眼中的泪水,看到了她昨夜的痛苦和惊吓。家佣心想,这是命,金子有的时候在金盘里,有的时候在草筐里。多好的命啊,被抢到这样的一个牧场,一生过荣华富贵的日子,不是一切生儿育女的女人内心的期盼吗?而我的一生,在男人的份上,为什么这么可怕呢?我为什么不能有自己的一个家呢?家佣的眼睛红了,当她定过神来后,看到斯坦开始喝茶了。家佣很是高兴,说,几天后,吾就要派人去见你的父母,他要为你举办一个隆重的婚礼。斯坦昂起头,看了一眼家佣,这是一个很善良的女人,她对她产生了好感,于是问她,那他为什么要这样粗鲁地对待我呢?为什么不派人上我的家提亲呢?家佣说,这就是他的事了，女人永远看不清男人的内心。我为你高兴，姑娘，你叫什么名字？斯坦说，我叫斯坦。家佣说，多好的名字啊，像是仙女的名字，我还从来没有听过这样的名字呢。斯坦高兴了，她们说了一上午，中午的时候，家佣领着她走出了屋子。在风和日丽的伊犁河畔，她们来到了河边，牧场可爱的白狗跟在了她们的身后，像吾的探子，不时地昂头看一眼天使一样的斯坦。她们坐在河边的时候，吾远远地欣赏着她们的身影，心想，不错，斯坦的心静下来了，我的大事可以办了。河对岸的风吹过来，风把次生林里野鸡的歌声也带了过来，遍地盛开的野罂粟，开始给她们讲河岸从前的故事，讲千年前河岸动物世界里的恩恩怨怨。斯坦高兴了，她开始欣赏银光闪闪的水面，她听到了河水祝福，看到了跃出水面，给她微笑的青黄鱼，看到了河水从远山带给她的旋律。这时候，从吾的羊圈的方向，飞来了一群野鸽子，它们首先和停留在斯坦身边的风、野鸡的歌声，一一问好后，热烈地亲吻艳丽的野罂粟。这时候，那些欲开花儿的罂粟蓓蕾，激动地一朵朵地盛开了，说，欢迎斯坦到它们的领地来生活。这时候的画面，变成了哈孜·艾买提的油画，温馨的画面，定格在了人间大地的版图上。河对岸的次生林向斯坦敬礼，匆匆的河水，留下了它们的欢声笑语，在河面游戏的候鸟，在歌唱它们自己的世界。神秘的风，努力地破译着那些候鸟留下的谜语。野鸡，在歌唱阳光下自由的生活。野罂粟们开始给斯坦讲述永恒大地留给它们的千古神话，一只蓝野鸽飞过来，落在斯坦的右手上，闪动着可爱的小眼，说，我不能祝贺你，你是人，是万物之精灵，你为什么要接受这样的一种方式，给一个男人做老婆呢？女人最大的幸福是什么？不是明媒正娶吗？你为什么出卖反抗，拥抱强迫呢？斯坦看了一眼家佣说，我不懂鸟语，你懂吗？家佣说，我也不懂。这时，野蓝鸽子飞走了，斯坦高兴地说了一句，多友好的野鸽子呀！后来发生了许多事，吾的牧场扩大了，他又办了一个肉食加工厂，而斯坦仍幸福着，因为每天都是那样的忙，只是至今没能学会鸟语。

在这个伟大的河谷所有的夜晚，伊犁河每天都要给天上的群星讲故事，讲述这片沃土发生的每一个故事。没有一个故事是重复的，下面这个故事，是发生在特克斯河流域的故事。在河南岸，有一个小村庄，村里的人不多，在半个世纪前，这里的人主要是靠放木排而生，靠山吃山，靠河吃河。这些人基本上都是移民，关于他们，有太多的故事，在那样艰苦的条件下，他们生存下来了，但也付出了许多。

放木排是一项诗意的，具有很大风险的行当。每天，他们在深深的河流放木排的时候，中午停在一优美的岸边，野餐一顿，享受美丽的风光，享受生活。岁月流逝，后来有了大量的卡车，放木排运木材的行当，就逐渐停了下来。后来国家发令停止砍伐自然森林的时候，这个村里以放木排为生的人们，有的去种地，有的进城做生意或打工，一个时代结束了。

这里，大人的故事是讲不完的，我们的主人公是十岁的艾尼雅尔，一个亲切的名字，圆圆的眼睛，圆圆的脸，是一个可爱的孩子。他有一只雪白的小羊羔，是一只孤羊羔，是他的好朋友，他每天都和它在一起。在院子里，无论他去什么地方，小羊羔都要跟在他的后面，和他站在一起。这是艾尼雅尔的奶奶教给他的办法，每次喂它碎馕、草、树叶的时候，他都是用手喂它，几周下来后，小羊羔就整天离不开他了。小羊羔的妈妈，在冬天的时候，死在了羊圈里。那天早晨，艾尼雅尔的爷爷到羊圈查看羊只的时候，老母羊已经死了，小白羊在妈妈面前可怜地站着，艾尼雅尔的爷爷就把小羊羔抱回了家。奶奶开始用奶瓶喂小羊羔。一个月后，奶奶把小羊羔送给了小艾尼雅尔，说从今以后，这小白羊羔就是你的了，你要好好地喂它，到明年春天的时候它会给你生一个小羊羔的，那时候你就会有两只羊，这样，你长大了的时候，你会有一群羊，那时候，我们把那些羊都卖了，我给你买一辆漂亮的小汽车，你可以开着车带着我们到镇里玩，我们还可以进城。奶奶的这个希望，牢牢地抓住了小艾尼雅尔的心，在巷子里，无论他去哪里玩，小羊羔都要跟在身后，不时地来到他的前面舔他的手。一些小朋友抓它的小羊羔玩的时候，他就不高兴，说一句不要乱抓，这是将来换车的小羊羔。朋友们就笑他，说一只羊羔能换车吗？艾尼雅尔羊生羊将来一群羊的说法，传到了大人们的耳朵里，他们就笑，说，看人要看小，有志气。当他们遇到小艾尼雅尔领着他的小羊羔玩的时候，就说一句，好孩子，小羊羔什么时候换小汽车呀？他就天真地回答长辈说，我长大的时候。在春天和初夏的那些美好的日子里，小艾尼雅尔给人们和可爱的村庄，留下了他领着雪白的羊羔，走街串巷游玩的形象。当夏季和候鸟一起消失，金色的秋天像好男人的前额一样闪着金光的时候，不幸的事件发生了。

那天，小艾尼雅尔的爷爷和奶奶，把家留给儿子，带着小艾尼雅尔到邻村走亲戚了。这是艾尼雅尔爸爸的要求，说，下午他要请客，老人在家，村里的领导不好意思打扰。这样，二老就带着孙子走了。潜在的一个意思是，要是老人不走，他们就不好喝酒。而对于酒男人来讲，没有酒，就是吃十只羊，也等于没有吃请。所谓的请客，主要是吃饱肚子以后，玩酒，再吹牛，唱民歌，没有酒，就等于没有请客。早晨，老人带着孙子，赶着毛驴车，出院门的时候，艾尼雅尔的父亲，抓住儿子的小羊羔，放倒，捆住羊腿，用膝盖压住羊腿，口中念念有词，刀子往脖子上一划，红红的血流了，羊的一生就结束了。血流尽后，艾尼雅尔的爸爸，利用半个小时的时间，把羊皮扒掉，内脏按顺序取下来，把羊收拾好了。当他在白杨树下洗手的时候，艾尼雅尔的母亲从屋子里走出，看见吊在葡萄架下的羊肉的时候，不安地问了一句，这是哪只羊？丈夫说，是艾尼雅尔的小羊羔。艾尼雅儿的母亲说，我的妈呀，你这是干什么呀？家里哪只羊不好宰呀？艾尼雅尔回来了，你怎么交代？艾尼雅尔的父亲说，有什么交代的？我请的是村里的领导，怎么能宰老羊呢？艾尼雅尔的母亲整天像吃了苍蝇似的，情绪低落，十分难受。他向男人说，我的好男人，那可是艾尼雅尔玩的小羊羔啊，他还等着将来母羊生母羊，再生母羊，最后一大群羊的时候，卖掉买小车呢。艾尼雅尔的父亲说，买什么车呀？男人最重要的是娶女人，有了女人，比买飞机都舒服。听着男人的这句话，艾尼雅尔的母亲不高兴了，说，你就等着吧，你欺负儿子可以，但我看你怎么向爸爸妈妈交代。艾尼雅尔的母亲说对了，那天半夜的时候，村长们喝得大醉，走人了。艾尼雅尔的爸爸也喝多了，一觉睡到了大天亮。

第三天，艾尼雅尔和爷爷奶奶们赶着驴车回来了，艾尼雅尔一下车就去找他的小羊羔，转了一大圈，没找到，就问妈妈。妈妈忧伤地看了一眼儿子，不说话，要他问爸爸。爸爸中午回家的时候，艾尼雅尔焦急地看着爸爸，说，爸爸，我的小羊羔呢？爸爸骗他说，我和人家换了一只大羊。他的母亲看了男人一眼，没有说话。艾尼雅尔哭了，说他不要大羊，要自己的小羊羔。几天过去了，艾尼雅尔每天都是哭，要爸爸给他把自己的小羊羔找回来。然而，纸包不住火，艾尼雅尔和小朋友们玩耍的时候，邻居家的一个小朋友，告诉他说，你爸爸把你的小羊羔宰掉请客了。那天，我们到你的家找你玩，看见你爸爸正在宰你那只可怜的羊羔呢。听到这句话，艾尼雅尔哭着跑回了家，他问母亲这是不是真的，母亲流泪了，说，别哭，好孩子，我会从集市里给你买一只好羊羔的。但是，这话不起作用，艾尼雅尔喜欢的是他养大的那只羊羔，和他有感情的那只羊羔。晚上，爸爸回来的时候，他又是叫又是哭，要爸爸赔他的小羊羔。爷爷也生气了，说，有的是羊，为什么要宰那只可怜的孤羊羔呢，那肉好吃吗！艾尼雅尔的爸爸开始在村里找类似的小羊羔,但是没有,都是快一岁的小羊了。因为不是季节,母羊秋天是不产羊羔的。这件事,在艾尼雅尔的心灵里,留下了永远的伤痛。后来,他长大成人以后,回忆自己童年这个真实的故事,他就有许多感慨,从中学到了许多东西,理解了父亲,但是他不能忘记那个年代给他的苦难,因为那时候,那个小羊羔是他的整个世界。

  伊犁河的故事是讲不完的,因为在每个人的心灵里,都有一个永远也讲不完的故事。不同的是,有的人善讲故事,乐意把自己的幸与不幸讲给别人听,但是也有的人只是留在心底,在自己的世界里走完自己的人生,自己爱自己的爱,自己哭自己的苦,自己吃自己的肉,在光荣的伊犁河谷,自己享受自己的光荣。

第八章　我是你的伊力大曲

我是你的伊力大曲。在这个可爱的伊犁河谷，如果没有伊力大曲，那么这个品牌应该是什么呢？我常想，酒的发现是多么了不起的事啊，如果没有酒，我们的业余生活会是什么样子的呢？

在可爱的，亲切的，男人的好朋友似的伊力大曲的历史上，闪耀着蕴藏着无数精彩绝伦的故事。有太多太多的善、理解、慷慨、儿子娃娃精神，也有尴尬、无聊、丑陋的人和事。做人难，做一个会喝酒的男人更难。细算起来，男人在喝酒的事上，丢面子的次数比在别的尴尬丑事上丢面子的次数要多得多。伊力大曲给过我们无法描绘的兴高采烈和永生难忘的记忆，它让我们敢说敢做，也给过我们抬不起头来的一塌糊涂。这种软弱的意识，也曾把一些风光男人的尊严扫得一干二净。在那个年代，我无法忘记酒怎样地摧残了一个有着较好口碑的知识分子的生命。这位先生曾是一个机关的翻译，懂好几种语言文字，悲剧是好酒且贪杯。在一个大雪纷飞的冬天，把生命送给了路边的小渠。第二天，皑皑的白雪，淹没了他僵硬的尸体。清晨，人们发现了他的一只脚。他叫斯曼。他有许多故事，但结局是悲惨的，没有把酒这个朋友玩好。在那个年代，发生了许多不应该发生的事。

斯曼参加工作以前是不会喝酒的，大学毕业，参加工作后的第二年，机关事务处的一位干部，那是一个爱酒如命的汉子，了解他的人说，他是从十五岁的时候开始喝酒的，名字叫木千令。他是乡村人，当年，机关单位招人，都要从乡村招。他抓住这个机会，调进了机关，有了固定的工作，重要的是有了固定的收入。这在那个年代，这是一个男人最大的理想。下午下班的时候，斯曼有时候能在大门前碰到木千令，他就笑着酒脸，对斯曼说，兄弟，咱们喝一杯吧，电影院隔壁有最好的烤包子。开始的时候，他只是笑一笑走人，说，我不会喝酒。后来，木千令见了他，老是重复这句话，说，一个男人，将来是要娶女人生孩子的，不会喝酒怎么行呢？时间久了，斯曼就入圈儿了。木千令请他吃那种刚刚从馕坑里打出来的烫手的烤包子，站着吃，而后去买散酒，喝上几杯，就回家。一年以后，斯曼就不是几杯了，而是一瓶多了，越喝越有瘾。这时候的木千令，仍保持着他最早的那种喝法，也就是从乡下学来的那种喝法，几杯小酒下肚，心一热，就走了。斯曼不高兴，说，好事是你给我的，现在不陪我了，你还是一个男子汉吗？木千令是个油嘴滑舌的人，他和社会上各界的人都有交往，什么样的话都能说出来。他说，是这样，兄弟，你以为这年头还有男子汉吗？做一个男子汉是吃亏的买卖，谁愿做吃亏的事呢？但是，只要是斯曼花钱，他就去陪他喝，喝到心热脚痒的时候，就回家，说一声，老婆说过，下午要我早早回家，家里有事。斯曼没有社会经验，他不知道木千令为什么要把他往酒路上引，他成长的路子是学校加学校，而后是坐机关领工资，没有什么社会经验，不懂社会的复杂。一句话，一张白纸一样单纯，任何人都可以在它的上面写自己想写的字。木千令引他上酒路的目的是很明确的，他要让他上瘾，把他培养成一个酒鬼，报他的小仇。

斯曼参加工作一年后，当上了办公室的副主任，那几天机关里在分新房，本来根据工作年限，那套两居室的新房是木千令的，但是斯曼不同意，说那位多多虽是新参加工作的同志，但他是个大学生，房子要分给他。这样木千令就没有分到那套房子，办公室的主任同意斯曼的意见，就那样办了。木千令是一堂堂男人，但心里有鬼，就想着让斯曼出丑，把他的业余时间往酒路上引，面和心不和，男人的嘴男人的脸，小人的心小人的鬼脸。木千令把斯曼玩了两次，就把他在机关和家族里搞臭了。一次在发工资的那一天，木千令把斯曼请到了一家上等的餐馆，二人喝了起来。当木千令酒足饭饱起来走人的时候，斯曼很是不高兴，要他继续坐下来喝。木千令不干，说，我就这点量，该回家了。于是，斯曼一人喝，喝到半夜的时候，食堂里一个人也没有了。下夜的老汉请他走，说，你喝多了兄弟，回家吧。斯曼不高兴，骂了一句，叫老汉老实一点。老汉又说了他几句，他要睡了，请他走人。于是斯曼站起来，眼睛闪着凶光，把老汉一头顶倒了。事后他说什么也不知道，当时他已经醉了。他想通过这样的说法逃脱责任,因为那个下夜的老汉第二天住进了医院。其实,这句话是木千令教他这样说的,就听我的兄弟,那可不是一笔小的医疗费。然而,在心里,木千令知道,这样说是逃不了责任的,因为那老汉当时是清醒的,也没有第三个人作证。这是木千令从民间学到的假关心、真害人的一招。结果真相大白了,在派出所民警的过问下,斯曼招了,赔了医疗费,并交了罚金。这事在机关里引起了一场波动,大家说,我们费了好大的劲,要来的大学生,原来是小流氓啊。在没有办法的情况下,机关里把他的办公室副主任的职务给撤了。这一年,斯曼刚刚结婚,他母亲就跟丈夫说,看来,这媳妇没有给我们的儿子带来好运。斯曼的父亲说,你啰唆什么?什么好运不好运的,都是你那个没有出息的儿子自作自受。斯曼的母亲说,有什么样的父亲,就有什么样的儿子,父亲就是一个老酒鬼。斯曼的父亲说,男人不喝酒干什么?男人就是喝酒的命,问题是你怎么个喝法,我看他这一辈子,也就这样了。接着又出现了一件事,这事也和木千令有关。那是一个周末的中午,木千令知道斯曼家有客人,但还是把他叫了出去,下午美美地喝了一顿。这天,斯曼的妻子请的都是女客,过女孩子的摇床礼。这个喜事,在民间请的都是女人,男人是不参加的,因为自古男女不同席,男人吃男人的酒宴,女人喝女人的奶茶,一天的大半天,都让女人占去了。而男人,出风头的时间,是在儿子的割礼仪式上。这又是一篇文章的题目了。

木千令把斯曼带到了一家回族人开的饭馆里,小老板从他们的脸上看出他们是喝酒的男人,说吃饭可以,不准喝酒。于是他们来到了汉人街,这里准许一切人吃饭喝酒。他们来到一家卖烤羊肉的铺子前,烤肉吃馕,垫过肚子以后,木千令要了了瓶伊力大曲,几杯酒下肚后,斯曼兴奋了,说,这天下只有两样东西,一个是酒,一个是女人。木千令笑了,说他说得太对了,不愧是大学生。木千令就这样玩他,斯曼说,你看,这伊力大曲的酒瓶多漂亮啊,人见人爱,晚上睡不着的时候抱着它睡,一定会睡得很甜的。木千令说,好,这个城市,没有第二个人能说出这样的话来,你才是大大的智者。斯曼来劲了,一杯又一杯地喝着,在不到两个小时的时间里,醉了。而木千令什么事也没有,脑子像孙悟空的脑袋一样绝对清醒。木千令喝得少,嘴里的酒,都吐茶碗里了,频繁地换热茶,没有让斯曼发现。木千令看着时机到了,就把他偷偷地送到院门口,自己逃了。这时,家里的女客们正玩得开心,斯曼醉醺醺地走进来,大声地叫妻子的名字,说,这些客人为什么还不走,她们没有男人吗?让她们快走,我今天晚上要爱你。斯曼的妻子一看大事不好,让人把他关在了临街的那个库房里。斯曼在库房里大喊大叫,但是没有人理他,于是他从窗口里逃出来,跑到邻居家里去了。斯曼跟邻居家的男人说,你老婆呢?那人说,不是在你们家做客吗?斯曼说,我的好邻居,刚才我的铁哥们木千令说了,过几天就是世界的末日了,你帮我把我们家的那些女客赶走吧。邻居男人说,你喝多了，就在我这里休息吧。斯曼说，你是一个小人，懦夫，这点事都帮不了我，畜生一个。于是邻居男人几拳把他打倒了，鼻子出血了。邻居男人把斯曼的妻子叫来了，要她领男人走。斯曼的妻子打电话叫来男人的弟弟，让他领走了。最有意思的是，斯曼会装，第二天见妻子的时候，什么事都没有似的，傻笑，想蒙混过关。妻子骂他，质问他昨天喝酒不要脸的丑事。他说，昨天自己什么也不知道，出什么事了吗？他就用这种办法耍赖。他的妻子是一个善良的女人，这一次，实在受不了了，就跑回娘家，要和他离婚。开始的时候，她母亲也不同意，说，好坏是你的男人，有一女孩子了，孩子长大了没有爸爸怎么行？忍着吧，那小子会变好的。过了一段时间，斯曼继续酗酒，一点戒酒的意思都没有。斯曼的母亲也为儿子的这事伤透了心，但斯曼还是戒不了酒。嘴上说的都好，出了家门，见了伊力大曲照喝不误。

一天晚上，斯曼的母亲躺在床上，跟男人说，你是他爸，你应该有个办法，他上大学的时候，是一个多么好的孩子啊，以前是机关办公室副主任，现在是一个跑腿的人了，如果他继续喝，将来工作也会丢的，命也会保不住的。斯曼的父亲说，这些道理我都知道，能用的办法都用完了，我也拿不出什么新的办法了。斯曼的母亲说，不然，叫他们回来，我们一起过，你天天看着他。斯曼的父亲说，这不是办法，我总不能全天跟在他的身后转吧。对了，我想起了一个办法，我给他的朋友讲一下，让他们集体惩罚他，如果不停酒，朋友们就不和他玩了，孤立他。斯曼的母亲说，也是一个办法吧，那你就找他的朋友说说吧。斯曼的父亲找到儿子的朋友，把意思说了。朋友们说，难啊，我们说过无数次啊。

有好几次，斯曼喝酒躺在机关大门前，回不了家了。这些也是木千令的安排，他想搞垮斯曼，但没有想到酒能要他的命。斯曼出事的那天，木千令哭了，说罪犯是自己，他没有想到会出这么大的事。他忏悔了，内心里无数次地诅咒自己。但是晚了，人死了，忏悔没有用了，斯曼也活不回来了。当然，这不是酒的悲剧，是人的悲剧。

从读中学的时候起，斯曼写一手好字，在那个没有电脑的时代，这是一个人出人头地的主要资本。他的汉文和民文写得都是那样有棱有角，字里行间暗藏着他的美学思想。但他不能正确地对待酒，结果在中年的时候，丢下妻儿，去了另一个我们看不见的世界。他的死使我再一次想起了恩格斯在马克思墓前讲的那句话：死不是死者的不幸，而是生者的不幸。万事都有自己的规律，但不是每一个人都能有这个感悟，人和人的差别可能就在这里。

我始终认为酒对人和社会是一个奢侈品。在我们的困难时期，结婚割礼过年过节，能找到几瓶伊力大曲，那可不是一件小事。在七十年代初，食品门市部只有在过年的时候供应少量的酒。要在天未亮的时候到门市部前排队，特别是在大冬天，要穿很多衣服。天蒙蒙亮的时候，门市部开门，先发酒票，一人两瓶，只能发到三分之一的人，剩下的人沮丧着脸走人，或者买他人手里的高价酒。我曾多次在天未亮的时候出去排队,为父亲买过酒。在寒冷的早晨,提着两瓶酒回家,也曾是我的一个小自豪。那个年代伊犁大曲太少了! 钱也太少,粮食也太少,但是喝酒的心在一天天增多,心在忍耐,他们希望着什么。在这样的排队买酒的年代,有太多的故事深入人心。有的买酒人,在天亮开始发酒票的时候,突然神气地出现在门市部的窗前,傲声傲气地说,他是第一个,说子夜的时候就来排过队了,他藏在墙根半块砖头下小洞洞里的小酒杯作证。于是众人开始嚷嚷,说酒杯排队不能代表人。伊力大曲的故事是讲不完的。爱酒的男人的故事也是讲不完的。

那个年代结婚娶女人,最头疼的是酒的问题。要托人,找领导,找朋友的朋友的朋友帮忙,最后人家看在结婚这个人生大事上,给你解决几瓶伊力大曲,你心里的石头才能落地。在生活这个弯弯曲曲的长路上,在经济萧条的年月也好,在小康生活的温床里酣睡的日子里也好,男人面对的东西的确是太多了。男人这个性别是吃苦的命,看起来风光无限,实际上没有什么便宜事。生养男孩子注定是一件烦人的事,看起来他们顶天立地了,但他们在许多年代里仍是老婆的随从,所谓事业的候鸟,在父母们最需要他们的时候见不到人。但他们有的时候也是爱妻的宝贝,妻让他们向东,他们不去西。这不是男人世界里的悲剧,而是两性之间固有的关系秘密。

我们还是要说伊犁的汉人街。这是新疆有名的自由市场,前面我们说过,是鸡的奶水也能找到的市场。小时候,和朋友们,常常去汉人街玩。在群众电影院隔壁水磨对面的那个食品门市部前，有一些专卖小杯酒的汉子，右手一瓶伊力大曲，左手小酒杯，一杯酒一毛钱，一天下来，也挣不少钱。那年代，一公斤肉也就九毛二分钱，那是一分钱是一分钱的年代。我敢说，伊犁喝酒的男人，基本上会品酒、认酒。什么样的酒，一下肚，就能准确地辨别出它的真假。酒男人眼睛亮亮地走过来，从卖酒人的手里拿过伊力大曲，摇几下，注意看酒瓶里的沫子，他们从沫子的大小多少，识别真假。这也是伊犁酒人的一绝。现如今，这样的人和事已经看不见了。新疆大地漫天下的伊力大曲，给了我们众多的机会和随时喝几杯的可能。但同时，这也是一个挑战，如果你自己不掂量不权衡，给脸不要脸的事就会发生。男人是万万不能丢脸的，好脸绝对是好通行证，自古如此，天下如此，将来如此。

现在喝酒，凉菜热菜鸡鸭鱼肉满桌都是，都是喂眼睛的佳肴。困难时期，这些都是神话呀。我们几个朋友约好，就 AA 制，伊犁民间俗称"nimisqa"（德国式）。可能这个 AA 制的发祥地是德国。酒友们的头儿，一一收好钱，安排一人吃一小半斤面，也就是现在的小份面。下酒菜是一盘过油肉，置酒桌中央，菜盘下是一大碗热腾腾的面汤，起保温作用，剩下的钱只够买两瓶伊力大曲。伊犁民间很有意思的一种喝法是，一瓶酒喝完后，要是最后一杯酒轮到了你，那你就要去买一瓶酒，把场子维持下去，这是男人的面子问题，是不能含糊的，你今后合群交友，大事小事顺心顺利的前提，就在这里。兜里没钱，向朋友借，要过这一关。往事，在今天看来是尴尬的、丑陋的，是不可思议的，但对于那个年代来讲，是亲切的，凝聚人心的，是丰富我们记忆的一种爱，这种爱在更多的时候丰富了民间生活，留下了那个年代的情和义。

人为什么要喝酒呢？为了找乐？为了潇洒一回？为了庆贺，但为什么要贪杯呢？因为意志薄弱？如果没有酒，没有亲切的伊力大曲，我们会多么烦闷啊。有的时候，似乎酒团结了我们，酒让我们发现了自己的丑陋和美丽。比如我们酒后的一些行为，会无情地、平静地、语重心长地告诉你，你是一个什么样的人。酒把我们内心世界里潜藏着的东西暴露出来了，因而我们更加真实地生活在我们自己的天地里，向众人提供一个真实的自己：我是这样一个人，你们不要过高地希望我什么，也不要像看老鼠一样看我，喝小酒是我的嗜好，但我是人子，我也有爱心，我也能成就一番半番事业，我同样也需要机会，因为我爱生活，敬爱人们。酒在漫长的幸福时光和沉闷无聊的黄昏，团结了无数陌生的面孔，有许多人成了志同道合的真君子，也有的人找到了自己的知音。这也好，岁月和规律，都不容许在竞争的跑道上，所有的健儿都能顶天立地，不同的生存方式也有它美好的一面，有的人闪闪发光，有的人默默无闻地过自己的日子，他们的存在同样也温暖了许多心灵和平凡的人，他们都是我们的朋友，都是伊力大曲的朋友。如果伊力大曲还有一个功劳，那就是它教会了我们宽容。三杯酒下肚，我们握手言和，不记前仇。酒团结了城市和城市，我们互相学习，互通有无，互相欣赏，发现真理，创造财富。酒团结了宴会里的哥们儿，首先出风头的是它，它把友好和理解，浓缩到小小的酒桌上，让不同的种族一个声音说话，这也是酒的大幸福，这时候的酒，就飘飘然了。

在有些时候，没有酒的日子是苦闷的，像没有盐的抓饭。有酒的周末和旅行是兴高采烈的，有酒有家有妻的夜晚是永恒的，那是男人心中不希望天亮的长征，像小天堂的盛宴，享受做人的甜蜜与容光。在酒的亲吻、拥抱、引领下，爱、回忆，而后遐想，而后坚定认定的道路，在有伊力大曲的人间勇往直前。

其实，做男人也是很幸福的事。我是说，在告别了那些不顺心、不理解、没有好肉好衣服的年月以后，我们又开始了我们理想中的生活。电影《瓦尔特保卫萨拉热窝》中有一句台词：谁活着谁就能看得见。我很欣赏这句话，是的，我们看到了，从阶级斗争的年月到经济建设的小康社会，我们看到了人的机会和国家的兴旺，我们看到了规律的胜利，看到了我们的经济基础作用于文学艺术事业的灿烂，这也是全民族的幸福，也同样是我们要用酒来庆贺的胜利。

在伊犁河谷生活着的人们是幸福的。我们在四季分明的这片神美的土地上，可以享受阳光、新鲜的空气、高山牧区的旅游、好酒和好肉。我认为，伊犁饮食有两样好东西，一是马肉，二是伊力大曲。马肉几乎是人见人爱的美食，而伊力大曲，在更多的时候是男人的随从。不同的是，这个随从有时候离我们很近，有时候比较远而已。我们永远搞不清它们神奇在什么地方，我们会发现我们一天天地好起来了，精神焕发，这就够了。在我的内心，伊力大曲的形象是巨大的。在那些沉闷的年月，它给过我希望，留住了我们的血气方刚，也因而我们的怀念是发自内心的。如果在我的手里，有两只永生鸟，一只一定是伊力大曲，我为什么要这样纯情地赞美这个让人神魂颠倒的烈酒呢？因为它在我想哭的时候让我哭过，想笑的时候让我笑过。一个热血男人，一生，应该在重要的一些时候，说一声感谢。

比如说，到伊犁的山区旅游，没有酒，有意思吗？那些鲜美的羊羔肉有味吗？因为伊力大曲的存在，羊羔肉有了它的商品价值。山水、风光、高大的千年松树，才有了它们的经济价值。我们在这样的仙境里喝酒，就会坐在小说《一千零一夜》里的神毯上飞起来，在蓝天白云的护卫下，欣赏我们蓝色的家园，当我们回到人间的时候，会变得亲切、成熟、宽容，于是一些所谓的丑陋开始变得可以容忍，可以接受，而一些美好原来也并不是那么回事，于是在酒的指点下，一个男人渐渐地感悟了，他开始懂以前不懂的东西了，他开始对复杂的人生感兴趣了，他发现了自己，发现了身边的人和事，发现了真实的、有用的美，这不好吗？社会是人民的母亲，所有的儿子们，在风华正茂的时候，就应该在这个母亲的怀里迅速地成长起来，成熟、善良、成功。

在伊犁河谷旅游，炎热的夏日里，我钟情恰西的牧民旅游点。穆沙罕的景点我去过多次，这位硬汉是一个牧业队的队长，业余时间助妻管理景点,有好几间小木屋,亲切、可爱,住进去,夜入睡前可以闻到清香的松树味,有一种回归自然的感觉,好像身临原始的森林,让人忘记尘世的一切烦恼。另一个吸引我的方面是,这里也允许游客自己做饭,自己可以带菜上山,穆萨罕给你宰羊羔。这样,我们想吃什么自己做。下午最温馨的那段时光里,小煮几块好肉,在高大的千年松树下,在简陋的长条饭桌上喝酒,前面是山,山连着山的前方都是松树林,我们的后方是畅流不息的河流,河水清亮,闪烁爽人的银光,赐人愉快的心绪。这样的时候,我是极兴奋的,几杯伊力大曲从贪婪的嘴里进去,那感觉可是世外桃源。于是那些小木屋、穆萨罕勤劳的妻子库兰、她那几头早晨出去吃饱肚子自己回家的奶牛、赐我们阴凉的白桦树,都变得那样永恒,定格在我记忆的金库里,给我活着的乐趣。而后我们唱民歌,大曲的虫子开始在我们的肚子里蠕动,我们齐唱民歌,唱永恒的爱情,我们在民歌中满足,我们在民歌中信我们的祖辈陶醉过的那些醉人的旋律,我们在歌声里祈祷和谐、平安、富裕的生活永驻人间,我们在民歌中寻找,因为我们爱,因为我们时刻知道生命短暂。在可能的条件下,活出我们的意义我们的心愿,走完属于我们自己的路,在这个过程修正我们的过失,捧住我们的爱光,继续温暖自己和身边的人,回报社会,这也是我们的光荣。我们都会离开这个世界,但我们的精神亮点和生活方式会留下来,后人会评判我们,只有他们的评价才是有意义的盖棺论定,因为我们自信,我们在真实的平静里走完了我们的路,爱酒的我们，没有把任何秘密带进坟墓。我们可能没有成功，但我们努力过，行为留在了大地，当然是在伊力大曲的蛊惑下和监督下。

在恰西的每天早晨，我起得最早，因为我有写作计划，另四位大哥朋友总是抬不起头。夜，他们是伊力大曲的情人，酒倾听他们热烈、幽默、总是不能正常结束的话题，清晨咬住他们的眼睛，不让他们起床。我的第二部长篇小说《最后的贵族》的前半部分，是在这里完成的。那天早晨，我写了两个多小时，作家马合木提，看见我从卫生间的方向走过来，坐下就动笔，说，兄弟，你坐下来就能写呀！我说，因为我心里有。我想，对于写作的人来说，这是最主要的。我们计划里有，嘴上有，想象中有，这往往是靠不住的，只有心里有，手中的笔才能引导你思考，坐下来，白纸黑字，检验你的敬业和能力。至于水平怎样，那是另一回事。写作的态度，对名利的正确认识，往往成就了一个作家。就像一位最好的铁匠，他在打那把刀子的过程中，是不去想要把刀子献给什么人的，从而期盼什么，这是他能打好那把刀子的心理基础和哲学基础。这样的一种心态和高贵的精神，造就了科学技术、文学艺术的灿烂辉煌，成就了大家，促进了社会的发展，丰富了民间生活。一个热爱事业的人，应该培养一种平和的心态。

第二天下午的时候，又是伊力大曲把我们请到那个我们喜欢的长条木板桌上，继续它永远不能结束的故事，启发我们，引导我们，让我们歌唱我们的敬爱和我们的精神愿望。于是我给大家读诗，用维吾尔族诗人铁依甫江的诗：不要埋怨我／我的前辈／这就是这样的歌／你也曾未唱完。而后读我翻译的维吾尔族爱国诗人黎·穆特里夫的名作：青春是人生最壮丽的世界／但这含苞欲放的光阴匆匆忙忙／当日历的一页被撕去／生命的一页就会飘落在地。读艾青的诗：树和树／风告诉它们的距离／但是在大地看不见的深处／它们的根紧紧地连在一起。读普希金的诗：爱情，希望和平静的光荣／并不能长久地把我们欺诳／就是青春的欢乐／也已经像梦，像朝雾一样消亡／但我们的内心还燃烧着愿望。读舒婷的诗：当我们的眼睛悄悄对视／灵魂像一片画展中的田野／一涡儿一涡儿阳光／吸引我们向深处走去。于是，伊力大曲在诗歌的世界里，与我们一起酩酊大醉……

爱酒的男人，要学会喝酒。如果从酒缸里爬不出来，终生一事无成。这样的悲剧在我们的周围是不少的，什么样的例子都有，有的酒后丢人、丢财、丢妻、丢工作、丢官、丢命。这些事，对今天爱大曲的朋友们，是一面古镜，要经常照。我有一个朋友，多年前气跑了妻子，都是些鸡毛炒韭菜的皮毛事，一闹就是五年，我多次劝他把妻子接回来，他不干，说是她的错，只有她来找我。我说这是不可能的事，女人的心在左边，她们是很难低头的。一日，我想了一个办法，用酒来治他。于是周末我请他喝酒，一瓶伊力大曲喝完后，我有意识地把话题转到了他老婆的身上。果然，他上钩了。我说，一个男人，好意思和自己的老婆计较吗？该装糊涂的时候还是要装糊涂，你自己的女人，还有一个孩子，领回家多好，给你做饭，洗衣服，哄你睡觉，这多好！那天他竟然同意了，我趁热打铁，走出食堂，黑夜里叫出租车，把他的妻子给接回来了。我想，这也是酒的胜利。酒有时让人宽容，让男人在不清醒的状态下做出清醒时做不出来的决断。然而，对于一个男人来讲，贪酒，最终不是什么好事，要自重。

　　太阳每一天都是新的，伊力大曲也是这样。只要身体好，伊力大曲的吸引力就存在一天。让酒男人戒酒是最无聊的事，少喝才是真君子的关爱。人有的时候极度地烦，吃什么都不香，两杯酒一下肚，一切都是那样的美好，像十八岁的生命，鲜花和候鸟只为你开放和鸣唱。酒是前世男人赐给我们的礼物。一个男人，有时，他也会忘记一些珍贵的东西，因为酒里蕴藏着太多的故事，悲欢离合不是它的主题，善、爱、劳作不息、宽容、在平凡的生活里歌唱平凡的人和事，才是它永恒的旋律，伊力大曲是民间的宠儿，不喝是你的权利，理解才是你的美丽。

第九章　我是你心中的手风琴手

我是你心中的手风琴手，我是你从前的记忆，是你今天的朋友，我和伊犁的阳光和音乐一起，在你的心灵歌唱不落的神曲。因为我热爱我自己，热爱伊犁的山山水水、一草一木、一虫一鸟，它们是伊犁大美的基础，是大自然赐予我们的一种绝妙的启示。

在我小的时候，父亲是卖糖果的一个小商人。我们家世代和音乐没有关系，是我的俄罗斯朋友里姚卡教我拉手风琴的。父亲听说后，反对。说，那玩意儿不是我们祖先的东西，不让我学。我不干，每天跑到里姚卡家里，和他一起玩，和他学拉手风琴。父亲要我学习独塔尔琴和弹布尔琴，并从汉人街的乐器市场上买回了这些琴。但我的全部心思在手风琴上，里姚卡拉得那样动听、完美，我的心被完全地吸引住了。从童年时代起，里姚卡就是我的朋友，我们是在一条巷里玩着长大的。他懂汉语、维吾尔语、哈语、英语，是一个语言天才，会建磨坊。夏天的时候，我们一起到伊犁河捕鱼，也应邀到一些乡村建磨坊。冬天的时候，他在家里修手风琴，民间只有他一家人懂维修这种乐器。他的祖辈是沙俄一八七〇年侵占伊犁的时候来伊犁的，一八八一年沙俄退还伊犁本土以后，当年来伊犁的俄罗斯人都走了，只留下了少量的一批人，而后来这些人也基本都走了，去了澳大利亚，留下了太少的一些人，主要是看守在伊犁的祖坟，这也是他们在精神上离不开伊犁的一个方面。不到一年的时间里，我就学会了手风琴，可以在民间的婚礼割礼等活动拉了，平时，都是里姚卡指导我。他的名气很大，开始的时候，里姚卡拉几曲，往后的节目就给我，他和朋友们一起喝酒。

伊犁人天生爱好音乐。在别的地区，请客吃饭就是请客吃饭，主人考虑的是菜单和厨师，而在伊犁的民间，除此以外，还要考虑请乐手来弹琴，请歌手和笑话家，这是一个很有意思的情况。伊犁人出生的时候不是哭着来到这个人世，而是唱着、讲着笑话来到这个人世的，伊犁人的笑话情结、音乐情结，在新疆维吾尔族中是独一无二的。后来我学会了维语音调的斯拉夫文，这是苏联维吾尔人使用的文字。父亲很高兴，这时候我已经中学毕业了，拉手风琴在民间也有了一点名气了，父亲终于给我买了一把手风琴。在业余时间，我开始大量地阅读里姚卡父亲的藏书，有一些是斯拉夫文维语音调的书，我学到了许多的东西。最重要的是我了解了书里的世界，书中人物的生活虽和我们不一样，但我们热爱生命的情感世界是相同的。我读的第一部长篇小说是《幸福》，是写苏联卫国战争的书，而后读了许多诗歌，并把一些最精彩的部分翻译出来，抄在了我的本子上。在我的青年时代，我为了学拉手风琴，也学会了读写斯拉夫文。现在回忆起来，我的青年时代是非常美丽的，因为始终游荡在一种自由的空气里，我的条件虽不太理想，但我可以按照我的兴趣安排业余时间。学校放假的时候，我就和里姚卡到伊犁河打鱼，他们主要是在伊犁河二桥下游二十多公里的地方下网，因为这一带的河形很适合用那种大网网鱼。每次我都是和里姚卡骑自行车去，他的哥哥阿纳托里，整个夏天都在河岸上，住在他的帐篷里打鱼，白天下网，夜间用鱼钩钓鱼，这种生活是非常有情趣的。那时候的伊犁河非常安静，水像千年前的伊犁河水那样静静地流淌，河两岸的次生林，优雅地倾听在它们的王国里讲故事的候鸟和野性动物们的心声。正午的热光照在爱河的水面上，亲吻流动的水面，让河里的鱼也感受阳光的温暖。河岸成群的野鸭子们，欣赏我们的到来，仍随心所欲地游玩，在自由流动的世界追随梦中的仙境，让心引导它们游向任何一个方向。

我们放好自行车，在河边的草地上休息，躺在草地上，接受蝴蝶的祝福，接受夏虫的问候，接受小野花的献词，接受风的洗礼，在我们的小幸福里，等待我们美好的时光。里姚卡的野外生活经验非常丰富的，时间把他磨炼成了一个全面的男人。当我还没有脱掉鞋子的时候，他已经下水了，他走进河水几步，弯下腰，嘴对着水面几厘米那么近，大声地喊他哥哥的名字，阿——纳——托——里！河水就把的喊话传到了河对岸，他哥哥就会从亲切的帐篷里走出来，昂头看我们一会儿，从弟弟的声音认出我们以后，就从上游划船过来接我们。

阿纳托里高大，肚子吃得面袋子一样威风，大胡子。相反，里姚卡一根胡子都没有。我们把自行车放进小船里，把船拖到上游，上船，阿纳托里把船划到了对岸。下船后，里姚卡的两个强壮的弟弟走过来，笑着问候，欢迎我们的到来。那天，阿纳托里给我们做了一条大鲤鱼，我们吃得特香，我至今都能回味那条鱼的香味，我们还喝了一瓶酒。俄罗斯人和我们不一样，他们弟兄之间可以同席喝酒，而我们不能这样，哥哥有哥哥的朋友，弟弟有弟弟的朋友，在一起吃饭可以，喝酒不行，需要分开。

阿纳托里有一条可爱的狗，是黄狗，对人特友好，总是摇着尾巴出现在我们身边，给我们一种友好的感受，就像一些吃软饭的硬不起来的男人，在有好处的地方，总是像杂技演员一样摇头摆尾。那几天，我们几乎顿顿吃鱼，有好几次，我认真地观察过阿纳托里做鱼的方法，看起来很简单，但做出来是那样的香，都是六七公斤以上的大鲤鱼，用大刀切块，先把鱼头放到锅中心，而后围绕鱼头整齐地放好鱼块，锅烧热后，再放水，加盐，放醋，再放辣椒面，最后放从河岸割来的鱼香草，有四十厘米那么长的野草，也是一种药草，而后盖好锅盖，慢水煮。等到锅里的水煮完后，开锅的时候，香味扑鼻，感觉极好，整个帐篷四周，都是香腾腾的鱼味，一人一碗，吃在嘴里，留在心里，那种感觉是永生不忘的。第二天早饭后，我们就开始打鱼。我们负责渔网在河岸的这一头，另一头由阿纳托里的两个弟弟拉上船，边划船，边撒网，渔船绕过来的时候，我们在岸上抓牢网绳，配合他们收网。这样的时候我们非常兴奋，我们会看到许多大鲤鱼在网面上跳跃，那种情景是让人难忘的。一网下去，我们可以捕到一百多条大鲤鱼，还有白条，全天可以捕到几百多条大鱼。

第二天早晨，阿纳托里划船过去，把鱼卖给从城里来的鱼商，带着钱回来。那些鱼商，总是要给他带几瓶酒来，让他高兴。晚上，阿纳托里让里姚卡烤鱼，太阳落山前坐在帐篷前的毡子上，美美地喝他的酒，里姚卡从帐篷里拿来蓝色的手风琴，给大家助兴。在太阳快要落山前的河岸，他的琴声是美妙的，激动人心的。因为是傍晚，里姚卡选择那种节奏缓慢的、抒情的曲子拉，他的弟弟小声地唱俄罗斯民歌，用他们深情的爱送走晚霞，让风把他们的情爱带到遥远的故乡，让在次生林里的候鸟在甜蜜的歌声里进入梦乡，唤醒河岸的夏虫，和它们一起深情地歌唱。

所有的日子，几乎都是往事的摇篮和流水，似乎一切都消亡了，但是灵魂的账本没有忘记记录人的可爱和可怜，人的纯情和丑陋，还有那种无声的伟大。我中学毕业后，没有到农村去接受再教育，我本人是很想去的，因为可以在农村自由地劳动，自由地歌唱，自由地拉琴，但是我父亲不同意，说我还是一个娃娃，不能离开家。于是我就成了一个手风琴手了。在不到两年的时间里，里姚卡把我推到了首席手风琴的位置上了，把许多出头露面的机会，都给了我，并且不断地教我一些演奏技巧，把我推到了前台。从那以后，民间有头有脸的人只要办大事，都请我去演奏，因为他们要在婚礼上跳舞。伊犁民间婚礼不同于南疆风俗的地方就在这里，几百年来，人们在俄罗斯文化的影响下，都喜欢跳交际舞，男女老少都跳双人舞，舞姿优美，感觉良好。

在伊犁的民间，手风琴是很有市场的，而在南疆，民间就不用这个玩意儿，不欣赏它的神曲。伊犁的特点是多方面的，三十多个民族的习俗、文化、民间生活形式，千百年来都是互相影响，互相学习，形成了一种独特的文化大餐。

伊犁的家庭舞会是有传统的，就是在从"文化大革命"的时候，民间仍旧秘密地聚集唱跳。年轻人请一些会跳交际舞的美女来，整宿在家里跳，子夜的时候，吃一顿抓饭，不睡，继续跳。我的任务是拉手风琴。那时候街巷居民委员会里都有民兵，手里有枪，也常常抓一些办舞会的人，带到居委会关起来，教育一下放人。那个年代，是不允许随便组织家庭舞会的。有一次，夜半钟声的时候，我们被抓了，是巷子里的一个积极分子告的密，说我们唱了黄色的歌曲，唱了《黑黑的羊眼睛》。这是伊犁民间最有名的歌曲。那个高个儿民兵是他们的头儿，他大喊大叫，问我都唱了些什么黄色歌曲。我说没有，我们唱的都是红色歌曲，不信，我现在给你伴奏。于是我给他拉了一曲当时大家都会唱的《大海航行靠舵手》。接着我又给他伴奏了一首当时很流行的毛主席语录歌：要奋斗就会有牺牲。那些民兵都认识我，最后他们把我们放了，从此以后，不准我们办家庭舞会。然而，这是不可能的，那时候，大家都喜欢跳，内心里渴望娱乐。在生命的青春时期，我们怎么能不跳舞呢？我们怎么能不唱呢，这可能吗？因为音乐是我们亲切的希望。今天的生活是属于我们的，因为今天我们还活着，这个世界是我们的，而后我们还可以选择，做我们想做的事，唱我们想唱的歌。明天不属于我们，当然，我们每一个人都希望自己有永恒的明天，长生不老的生命，然而，这只是一种可怜的愿望，是一个屁股漏油的漂亮的锅，我们看不到最后的饭。于是有了维吾尔著名的"手里有的时候吃好肉"的成语。这和汉语的"人生得意须尽欢"的说法是一样的。于是在我们的民间文化中，有了阿凡提代代相传的著名的那个幽默。一天，阿凡提向朋友们说，可爱的哥们儿，明天就是世界的末日了，请到我的家里来，咱们把我那只唯一的可怜的公羊宰了吃肉吧。于是朋友们都来了，把羊宰了，下到锅里面，烧了一会儿，柴火不够了。阿凡提说，反正明天就是世界末日了，咱们把衣服脱下来都烧了吧。阿凡提之所以伟大，因为他可以面对自己，可以拿自己开刀。

有的时候，人的情绪是非常古怪的。这种情绪神秘地左右我们的情绪。就是一些很正常的人，博学的人，都会有一些无法把握和说清楚的小旋风，这方面，我是有体会的。当年，我和妻子逃婚了，到乡下的爷爷那里去了，爷爷高兴地接待了我们，并问我说，这姑娘是谁？我说是我心爱的人。爷爷笑了，说我长大了，虽然昨夜睡了一夜，就要成家过日子。爷爷就按照伊斯兰教教规，给我们念了尼卡经文，把我们的心和身捆在了一起。

我和妻是在一次家庭舞会中认识的，她人长得不是太漂亮，但她有一种亲和力，面善，天生那种以家为荣，以男人为荣，以生儿育女为荣的生活态度，看着让人高兴。她的名字叫古丽克孜，意译为花的姑娘。那一夜，我和她跳了几场舞，并通过她领来的朋友了解她的情况，第二天早晨就和她逃婚了。那时候对男女之间的这种事，我已经有相当的经验了。而古丽克孜，却是一张白纸，单纯得可爱。但是母亲不能接受她，她没有让我们进家门，说我在外面给你们租房子，每月吃喝的费用，我让人给你们送去，你们过你们自己的日子。母亲后来对我说，你是在民间长大的，这种事你是应该知道的，从舞厅领来的姑娘，也能做老婆吗？那种姑娘没有一个是懂事的呀，我向母亲介绍了许多情况，但是母亲不听，只认自己的死理。母亲至今都不向我的妻子古丽克孜多说一句话，没有好脸。在这个问题上，我不能理解母亲，我喜欢我的妻子，而且我也得到了她的爱，这说明她是纯洁善良的，这些情况，母亲都知道，但为什么一生看不起我的老婆呢，这还是在情绪——她的那个怪虫在蛊惑她的意识。随着时间的流逝，我理解了母亲，因为在我的情绪里，也有这样荒诞无法理喻的情绪和行为。

在有些晚上，我一个人拉着手风琴，小声地唱伊犁民歌，唱完那些歌词后，就伤感地流泪。伊犁的乡间小路弯弯曲曲有多长，在这漫长的爱路百灵鸟为我歌唱。唱完以后我就一人静静地想，难道我还有什么伤心的事吗？爱情我有了，心爱的手风琴养活了我的家，我还缺什么呢，也可能我还不知道我缺什么，但是我对自己的现在是非常满意的，安拉该给我的都给我了，我前世的那一份额我都有了，妻给我生了两个女儿，还有她仙女一样的身体，音乐和伊犁民歌，养活了我，我还少什么呢？我什么都不缺。也因而我不能理解母亲当年我们逃婚的时候所说的话，孩子，一个男人一生只有两件事，一是人们看这个男人娶了什么样的一个女人，二是人们看这个男人是怎么死的，在我们的文化中，这样的一种伦理是很难改变的。母亲那一代人，她们把新媳妇的来路看得太重，这是一种沉重的伦理观，她们总是不愿意改变，好在她们的意识，不是长生不老鸣唱万年的候鸟。然而生活，原本也没有这么简单，我们的确是习惯了它的酸甜苦辣。

生活中存在着众多的可能。在"文革"的时候，虽不能在光天化日举办舞会，但是在众多的社区，在街巷里的庭院，每天，夜开始流向人间的时候，那些胆子大的汉子们游说美人，请到家里来，举办舞会。音乐，双人舞，维吾尔单人舞，民歌，从民歌中派生出来的鸟语花香和花前月下的美景，美女激动人心的手，她们特有的醉人的体香，都是一种永远的向往。夏天的时候，我们就去伊犁河，过桥向右，有许多太美太静的去处，像一个个幽静的乐园，时刻召唤我们游玩。我不知道我这一生去过多少次伊犁河，那些次生林和候鸟都认识我，那些风和水里的鱼也认识我，我不知道至今我唱过多少次《黑黑的羊眼睛》，整个伊犁河谷的蝴蝶也认识我，河岸上年年盛开的艳丽的野花也认识我。这种聚会不仅是为了喝酒，也是为了音乐，为了让人如醉如梦的伊犁民歌的旋律，也为了那些烈火般醉心的笑语，为了寻找一种情趣，在无限放松的分分秒秒里遐想，在歌声四起的空间里做白日梦。当歌手们唱到合唱段落的时候，我们一起跟着唱，闭目陶醉，和风与河水的灵气一起，和候鸟的歌声一起，到遥远的原始花园，和我们的新朋友会面，去拥抱等待我们的那些可能。当独塔尔琴和弹布尔琴、提琴合奏结束后，当又一瓶酒在可爱的酒官的手里空了的时候，当那只瓶子倒在深草里，和不见阳光的小野花说悄悄话的时候，我就会在酒官和众友们的邀请下，抱起我的手风琴，开始自拉自唱。

在伊犁河谷，自拉自唱是我的一个强项，因为众多的拉琴人不会唱，会唱的不会拉。每一次，我都凝视油亮的流向异国他乡的爱河，深情地演奏。这是一个伟大的、空前的机会，这种大爱教育男人将自己的所爱和所敬进行到底，将自己的生活推到一个至爱至善的舞台，在活着的时候寻求光荣和成功，而不是离开这个世界以后的遗憾。我们的身后，是油画一样多情的次生林，给人无限的遐想和爱心。我们身边是深深的百草，色彩各异的花朵为我们的到来而欢欣鼓舞，盛开在我们的歌声里，盛开在古老的音乐里，盛开在人气四溢的伊犁河畔。候鸟从我们身后的次生林里飞过来，从河对岸的次生林里美美地飞过来，落在我们前面，如醉地倾听我们的歌声。当野鸽子们开始舞蹈的时候，漂亮的野公鸡，从上游带着它们众多的野母鸡们，妻妾成群地来到我们的前面，深情地舞动多彩的翅膀，祝贺我们的小盛宴，带给我们野鸡世界的爱心一片。当爱风从河上游的山区飞过来的时候，也是我们的合唱达到高潮的时候，风把我们的至爱撒向市区的时候，整个伊犁河谷的天空光明灿烂，民歌飘荡，候鸟齐飞，白云舞蹈，我们在爱的家园和候鸟一起回家，拥抱爱人，把那天的幸福也留在她的记忆里，让就要出生的宝贝们，也唱着民歌出生，今生今世都在金歌名曲中走完自己平凡有爱有歌的一生。

"文革"结束以后，市文工团的领导几次找过我，说要给我安排正式的工作，要我和家人商量一下，写一份要求安排工作的报告。我都当场回绝了。第一，我不要工作，第二，我至今做什么事都没有和老婆商量的习惯和毛病。那人笑了。我是一个男人，我认为情绪情感伦理上可行的事，我都是自己做主去做，我不是一个男权主义者，女人的意见在更多的时候是一种启示，一种新的方法，一种迂回，一种曲线救国似的小真理，但是笔在男人手里，男人须说在前，走在前，干在前，拥有光荣的下地狱权。

我至今都是一个民间艺人，我从那个年代起不想参加社团，就是因为我热爱一种自由的生活方式。一个艺人也只能生活在这样的空间，他才能成为一个民众心目中的好琴手和歌手。我为民间歌唱，为民间拉琴，有情绪的时候我可以参加活动，不高兴的时候可以待在家里，喝我的小酒，难道我的这种活法也不是如一种诗情画意的生活吗？我习惯了挣一天吃一天的生活，我们的祖先也不是这样走过来的吗，只要我们的那些社区存在，只要人群中有爱和希望，就有我的生活和我的馕、我的茶、我的水和我的份。因为安拉在创造我的时候同时也在人间留下了我的份子。

伟大的母亲在行将就木的时候接受了我的妻子古丽克孜，那天是我最高兴的一天。母亲在病床上已经躺了两年了，当大限悄悄地来临的时候，母亲把自己腕上的金手镯戴在了我妻子的手腕上，用脆弱的声音说，我对不起你，孩子，请原谅我。妻子泪流满面，长时间地睁不开眼睛，她跪在母亲前，用她的心吻母亲的手，说，母亲，我是你不孝的女儿，请你原谅我。

在那些年里，在家族一些重大喜庆的事情上，母亲都不让妻子动手做事。我说过几次，母亲总不高兴地说我，说我还没有死，不要急，那个小东西有的是时间，她会出人头地的。我也曾在姐妹们当中求过情，让她们说服母亲，孙子都这么大了，过去的事就过去了，不要继续在她脆弱的心口撒盐巴。母亲还是不干，她总是说，你们没事干了吗，去做一锅抓饭，拿到汉人街分给穷人，那才是真正的积德。母亲生病后，我们搬回来住了，她嘴里不说话，但是心里还是不接受古丽克孜，在她生命最后的几天里，母亲突然做出了这个决定，把腕上的金手镯戴在了妻子的腕上。家族的人都不能理解，这太突然了，而且我的姐妹们从母亲卧床不起的时候起，就开始窥视母亲手上的那个很有分量的金手镯了，但这个宝贝最后落在了妻子的手里。只有我父亲理解这一点，那天，他看到母亲做出了这个空前的决定，他流泪了，说，安拉帮她睁开了她灵魂的眼睛。接着，母亲向我妻子说出了父亲心里的这句话，说，是伟大的安拉，帮她睁开了灵魂的眼睛。后来姐妹们都理解了母亲的这种做法，只有我的小妹有意见，说那个金手镯应该属于她，母亲做出的决定是错误的。古丽克孜在一次婚礼上从一个长舌女人那里听到了这句话，于是她决定把手镯让给小妹，说都是自家人，能一代代传下来就好。她问我意见的时候，我说，一个正常的男人，是不管这种事的，请她自己定。最后妻子把手镯给了小妹，但小妹第二天又送回来了，说姐姐骂她了，说她这一生是不是没有见过金子，说那是母亲留给古丽克孜的心。妻子高兴地给我讲了这件事，我说我不知道，女人的事女人办，男人的事自己办。可怜的妻子，她笑在了最后，这对她的精神世界是一个极大的安慰。

当岁月继续滋润大地的时候，伊犁河谷新的发展繁荣期又到来了，沉默的时间心中有数，把机会和生机带到了伊犁大地。我的一些拉手风琴的、弹独塔尔琴和弹布尔琴的朋友们都去经商了，在短短的几年时间里，他们都发了，主要是霍尔果斯口岸，给了他们空前的机会。这样大的商机，在近百年的伊犁历史上，是从未有过的。朋友们曾几次拉我下海，我也有过心动的时候，因为他们买到手的那些好车，也曾让我心虫痒痒，但最终我没有丢弃我的手风琴。我想了几天几夜，得出的结论是，我不能丢下我的手风琴，我属于民间，我是一个民间音乐家，我要一生守护我的这个职业，在民众的生活空间传承民间音乐和民歌。我要把我的追求和热爱，带到我生命最后的那一刻。当灯从我的眼中灭了的时候，当我的躯体不再有生命的时候，当伟大的安拉召唤我的时候，我是幸福的，我的脸上不会有丝毫的死光，因为我把手风琴传给了儿子，让他在我死后在民间寻找我的灵魂，守护我的精神，为人民歌唱。

第十章　我是你今天的儿子

我是你今天的儿子，今天是一切，但也不是一切。但它是一种伟大的机会，是可以起来行动的爱，是可以起来行动的早晨，是可以走向成功和伟大的第一步，因而我爱我的今天，它是我明天的意义，是我生命的历史，是我诉说的资本和痛苦。故乡，我在向你汇报我的一生，请你审阅。

我的第一笔钱是在你的凭票时代挣到的。那是一九七〇年的伊犁河谷，整个市区只有一路公交车，我们生活在一个凭票供应一切的时代，都是票。我见证了伊犁的布票时期、粮票时期和酒票时期。过年过节新衣服是我们的梦想，主要是家里没有钱，有钱没有布票。于是在市区，现在的新红旗大楼前，出现了买卖布票的黑市，我和几个要好的朋友，也来到这个布票市场，从那些前来出售布票的市民手中买下布票，再加价出售，每天也可以挣几个钱，那是一公斤羊肉是九毛二分钱的时代，钱和金一样闪光的年月。红旗大楼前是一个亲切的小广场，每天都有黑压压的一群人在这里买卖布票，我们每天都是早早地来，中午不回家，饿了吃几口馕，买卖布票。有许多市民没有钱买布，就把公家发的布票卖出去，维持家里的生计。在那个年代,红旗大楼是我们最大的百货大楼,全市的市民和外县近乡来的顾客,都到这里来消费,商店前有许多擦皮鞋的小鬼,他们能干,四季就在商店前擦皮鞋挣钱,回去交给母亲作家用。后来从这些小鬼们当中,出了许多大款,他们在一九八五年的商潮中抓住了机会,跑广州和上海,从事各种商业活动,挣了一大笔钱,都开着高级的私家车回来了。后来我曾和他们当中的一位做了朋友,他人虽比我小,但聪明,天生一经商的脑袋。但是后来他没有笑到最后,在一九九〇年的人民币兑换美元的买卖中,让人骗了,钱追不回来,结果是一病不起,就再也见不到他了。一个很有钱的人,就这样退出了伊犁河谷的商业社会。后来,百货大楼布料多了,一尺布票可以买三尺布,这样,买卖布票的事就不那么吃香了。我就转到买卖粮食的事上去了。当时这也是一个很挣钱的小买卖,我主要是在现在的广场对面的第五食堂前买卖粮票。那个年代没有粮票,在食堂里是吃不了饭的,外地来的人先从我们手里买高价的粮票,再到食堂里买饭吃。那个年代能吃到一顿好饭是很大的事了,土地多,人也多,但是粮食少。那时候的冬天是非常寒冷的,我们在食堂前站不住的时候,就进到食堂里,围在大厅中央的那个用大油桶改造的铁桶炉前,伸出可怜的双手,舒服地烤火。更可怜的是粮店都定量供应,如果粮本上粮票用完了,你有钱也没有用,只能到黑市去买粮,汉人街是唯一的希望。

那个年代的抓饭是多么香啊,有米没有油,有油没有肉,在沉闷的粮票时代,为了做一锅抓饭,要计划好长时间。那个年代的粮票就那么伟大。这样的日子继续着，我们买卖粮票的生意也继续着，我们总是能从这样的生意中捞取好处。如果突然让市管会的人抓了，那么手中的布票和粮票就没有了，身边的钱也会被没收，一切需要重新开始。这样的结局是非常可怕的，后来我们有了经验，我们都能从那些人的脸上认出是市管会的人了。同时我们也买卖酒票，和布票、粮票生意比，酒票生意不是太好做，因为那时候没有那么多酒。过年过节，主要是古尔邦节和春节供应两次，每户发两瓶酒的票，有门路的人，总是能找到好几张票。那可不是一般的人。当他们大包装着酒从商店里走人的时候，所有的人都注意他们的神态，都羡慕他们。

一九七〇年的伊力大曲是了不起的。你可以提着两瓶酒，解决用几千元钱解决不了的事。从喀什、和田、阿克苏等地来的移民，可以用两瓶酒收买乡村一个生产队的队长，他第二天就给你落户，第三天给你分宅基地，你就可以成为伊犁河谷的一个光荣的新社员。那时候的酒票很少，市管会的人不管这个买卖，我们就可以大胆地在食品门市部里买卖酒票。那些买不起酒的可怜人，来到食品门市部里东张西望的时候，我们就迎上去，问一声有酒票吗，对方说有，我们就买下来，再卖给那些有钱的男人。也不是，那个时代的男人基本上都是没有钱的可怜人，而一些男人之所以要把酒票卖掉，只因为不会喝酒。那个时候的伊犁大曲的度数是六十度到六十二度，喝着够味、醇香，像一个正在烤火的热女人拥抱了你那样，让你永生难忘。在后来的日子里,我喝过许多城市生产的烈酒,就是不如伊力大曲的味道、口感好,一杯酒进到嘴里以后,那感觉是神仙的摇床,也是永世难忘。当酒喝到胃里的时候,那感觉是你从一个没有空气的井里艰难地爬出来,闻到了一口新鲜空气,你的眼睛亮了,你的心亮了,你的嘴自己说话了,好酒。你就会自言自语地说,这人生啊,如果有了伊犁河谷的酒、和田的羊羔肉、喀什吃肉的小刀,这人生还有什么不满足的呢?

后来,酒多了,第一次不要酒票了,男人们可以买好酒高兴地喝了。伊犁民间有一句话,说周末是糖,周日无用。说的是男人们在周末的时候都出份子在一起喝酒、唱歌,举行歌酒会,可以玩到天亮,周日就什么也干不成了,老婆骂得再狠,都躺下睡懒觉了。从而有了周日无用的说法。那些男人在酒场上是男子汉大丈夫,无话不敢说,聊怕老婆的时候,都说我一个月换一次房门,晚上喝多了根本不叫门,一脚踢开门进去睡觉,门几次就不能用了。然而他们回到家里的时候,是那种死了娘的孤羊羔,大气不敢出,站在门外,轻轻地敲一下门,当老婆大叫一声是谁的时候,他们用宦官一样的声音,颤着说,是我,是你的男人,能进来吗?当女人给他们开门的时候,他们假笑着,悄悄地上床,其他的事情,就不敢想了。

后来,我在伊犁河谷的套鞋时代也挣了一笔钱。在新疆,只有伊犁人在雨季和春暖花开的时候穿套鞋,这种套鞋中亚各国都有,因为道路泥泞,在长靴和皮鞋上套一胶制的套鞋,保持鞋的干净,进屋的时候脱下套鞋保持屋子的干净。在

我是你今天的儿子

一九七五年的伊犁河谷，套鞋是非常紧张的，百货门市部里一年只出售一次，主要是没有货，要是一年进两次货，那可是我们的好运气。这时候我和门市部里卖套鞋的人交上了朋友，主要是请他喝酒，给他一些好处，从他的手里整箱整箱地买走套鞋，加价卖给汉人街的商人，每次都能挣一大笔钱。

我从十岁的时候起就在市场上了，每天都能挣到一些钱，开始买卖布票的时候，母亲把我每天交给她的钱，都用在家里的生活上了，因为父亲的工资不够用，父亲是毛纺厂的工人，工资是很少的。后来家里的情况好了，一是父亲的工资涨了，二是大哥参加了工作，在电厂当上了一名光荣的工人，于是母亲就开始给我存钱了。开始在家里存，后来在银行里存了。这些钱在后来都起了很大的作用。

我的套鞋时代很快就结束了，因为这个时期国家的经济形势开始好转，商品供应开始走向正常了，门市部里套鞋也多了起来。这样，市面上在国营的粮油门市部里，出现了议价粮这个词，这是一种放松，是国家给人民的一次机会，让我们多花点钱吃饱肚子的一次机会，而对我也是一次机会，我开始用大卡车往喀什运粮食，伊犁河谷是有名的粮仓，当农业生产开始出现好转的时候，我抓住了这个新的机会，在这样的一种长途贩运中也挣了一笔钱。现在回想起来，那个时期我在粮食生意上挣到的钱是最多的，许多朋友都眼馋，问我是怎样和粮食局的那些科长交上朋友的，我说都是从小的时候，一起和我玩大的朋友，他们不信，说我给了他们好处。面粉在三年的时间涨了三次价，我都从这三次涨价中大捞了一把。在涨价以前，科长令我买进大量的麦子和面粉屯起来，一个月后，果然涨价，我再出手，干干净净地大捞一把。那些科长们现在也是大款了，都到广州去发展了，我发现面粉在任何一个时代都是好东西，在凡是有人的地方，它就是金子。

后来我找朋友拉关系，请客吃饭，和烟酒批发公司的人交上了朋友，我还是那个老办法，用利开路，酒交朋友，开始了我的伊犁大曲的时代，在一九八二年的伊犁河谷，伊力大曲还是那样紧张，从乌市来的商人和克拉玛依、独山子来的商人们都在伊犁找关系提这个酒。这个时候别的城市也开始有了自己的造酒厂，或是原有的酒厂恢复了生产，但新疆大地的儿子娃娃只认这个酒，喝到肚子里玩心玩鬼玩情人的这个酒。这样，我就几天一次大量地批发酒，根本不用提酒，给那些等着要酒的商人卖发货单，也挣了一笔钱。酒是社会生活和民间生活不可缺少的东西，于是我抓住这个机会，进一步发展了我的事业。

好多年都过去了，现在想起来，那些年代是我无意识地实现了资本的原始积累的黄金时代，一切都在向好的方向发展。在一九九二年的伊犁河谷，霍尔果斯口岸的进出口贸易红了半边天。伊犁河谷几百年不遇的口岸经济时代到来了，这时候我的资金成了我唯一的朋友，我把心和钱都投到了口岸上，每天都有几千辆货车进进出出，这给了伊犁河谷大大小小的商人无限的机会。开始，我做了两年服装生意，的确是挣了一大笔钱，后来从阿拉木图进了大量的铜,卖给了内地的一家公司,也挣了一大笔钱。苏联解体后,阿拉木图商人组织了一批在厂矿企业丢弃的黄铜,卖给了我们。在伊犁二十多年的商潮历程中,霍尔果斯口岸的商机给河谷人民带来了空前的机会,像男人一样的机会,像美女一样的机会,像油画一样的机会,像月亮一样美丽的机会,像好酒好肉一样的机会。

罕是离霍尔果斯口岸二十多公里一个村子的农妇,三十多岁,大眼大眉大嘴,大脸大屁股,都大。民间说大屁股的女人都生男孩子,不错,她有四个男孩子。罕是一个很能干的女人,在五年的时间里,她在口岸做服装生意,挣了一大笔钱,在三亩地上盖了十间房子,每年育肥几千只羊和几百头牛,在口岸有自己的商店,是一个口岸经济最典型的受益人。而她的男人,天生的蔫萝卜,走路都怕把蚂蚁给踩了。那年我们在罕的家里做客,她男人像一个佣人一样在院子里做着一些给客人倒茶水的杂活儿。我很是看不过去,我向朋友说,这蔫萝卜是真正的蔫人啊,为什么不和我们一起坐下来喝茶呢,倒茶是他干的活儿吗?为什么不陪客人喝酒呢?在这个家庭,这个男人完全地变成了一个超级服务员了。

在伊犁河谷,因为这场商机而富起来的男人和女人是很多的。乡村的大款小款们,至今留住了自己的钱财,他们结合当地的农业生产,找到了一条适合自己发展的路子,而在城市的一些哥们儿和姐们儿,没能将自己的事业进行到底。城市是不散的酒宴,一些有钱的人心血来潮,找不到回家的路的时候,声色犬马无情地吞吃他们的财产和生命，把他们扔进黑暗的小路，让他们找不到回家的路。

一九九五年的伊犁河谷是相当美丽的，我做了两笔大生意，在三年的时间完成了合同中我要交对方的羊毛和羊肉，都是从青海来的老板。到了一九八八年的时候，我休息了一年，走了几个城市，认真地总结了我二十多年来的生意经验，在准备盖几幢大楼出租的时候，和著名的社会活动家麦西来甫说了一次话，这次谈话改变了我的一生。

麦西来甫当年留学俄国，懂好几种语言，是一位天才的学者。在一个周末，他派人来叫我，我们谈了一整天，我看到了我从前没有看到的东西，我的眼睛一亮，我开始看清了这个美好而复杂的世界，我走出了我的天地。

德高望重的麦西来甫说，兄弟，几年来，我很想和你长谈一次，今天终于有了这个机会。我直说了吧兄弟。用现在的话来讲，你是一个成功的男人了，因为你现在有太多的钱，可以做你想做的事，但是，一个男人的成功，不仅仅是有钱，还要看这个人在社会生活中对社会事业有什么贡献，这一点是非常重要的。每一个人都有自己的愿望，有的人有机会，有勇气讲出自己的这种厚望，有的人没有机会，也没有胆量讲出自己的人生想法，就是说，每一个人都想永远地活在人们的心中，希望自己的名字在民众中永远闪亮。那么，办法是什么呢？要为社会做一点事情。现在，时间到了，兄弟，你的年龄也到了，现在是该为社会、为民众做事的时候了。如果你把手中的钱投在社会事业中，那么你就会找到你的价值，这是积德的大好事。有些事，没有必要给你一一说道，在我们伊犁，在我们的新疆，在这二十多年的巨大的机会里，一部分人发了，有钱了，走在了挣钱挣利的大路上，这是好事，但是他们在最后的时候，没有把钱用在社会事业上。要想这个事情。社会是我们共同的家园，我们每一个人，都有责任为这个家的温暖和幸福付出我们应有的爱心。不同的是，有的人有巨大的能量，他们可以走在前面，有的人只发一些微弱的光，他们可以呐喊，有的人只是一种看客，我们应当理解这一点。当时间流逝时，一般的人们也会成长起来，他们也会献出自己的光芒。从而社会的每个角落，都开始发热发亮，我们的大家庭就会走向温暖和和谐，而你，在这样的大机会里，可以走在前面。我不希望你也和那些大款们一样，盖几座楼，租给商人，开几间房，赌赌钱，找几个妾，养起来，过那种几百年前的财主过的没落原始的生活。我不希望你这样，我们的那些长老们也不希望你这样。这也是我这些年来要想找你长谈一次的原因。兄弟，我只想把一种更高尚的、更现代的、更积极的、更道德的生活方式告诉你。你虽没有读过什么书，但你是一个很聪明的人，是一个在社会实践中成长起来的当代商人，具备丰富的经商经验和社会经验，也有教训，这是你可贵的一面。那么，你的问题是什么呢？要走好最后这一步，要从自我的、自私的果园里走出来，从事一种既有利，又有德的事业，在为社会服务的过程中，更进一步地壮大自己，升华你的人格。这是你今天的任务，如果你这样做了，那么十年以后的你，会看到许多人找不到的鲜花，在为你歌唱，更多的人会看到你的价值，那时候你会成为一个真正的现代商人。当你同时具备商业地位和社会地位的时候，你会自觉地思考一个民族的发展和进步，首先是经济的发展和教育的发展，这时候的你，会本能地认识到这样一条真理，要为人民的事业献身。因为你的事业在人民的事业中，如果没有人民的生机也不会有你辉煌的前途。你会从心底里说，是的，我应该做人民的儿子，放眼看人间的潮流，像爱母亲一样爱养育我的人民，爱我的今天。

麦西来甫是一个了不起的长者，他的思想擦亮了我的第三只、第四只眼，我为伊犁河谷有这样一位智者而高兴。他建议我开办一所民间语言学校，开设汉语、俄语、英语课程。从公益方面来讲，这是培养青年人学习语言的一件大好事，因为现代社会是多种语言的社会，不解决语言问题，任何人不可能面向巨大的市场。那么从私利的角度来讲，这种学校是不冒烟的工厂，各民族学生的学费也是一种可观的收入，教员的问题也是好解决的，社会上有许多懂外语的知识分子，特别是有一些退休在家的外语教师，也有一些大学生，他们是一种很好的力量，组织起来就是一支很好的队伍。就是说，办这样一所语言培训学校，是有社会基础的，因为当前社会急需多种语言的工作者，我们可以预见，各民族的生源是会很理想的。

麦西来甫说，我们这个民族，在今天的这个发展时期，要积极地发展教育，多方面地培养人才，特别是语言方面的天才,才能做好其他的事情。如果一些人在今天的社会市场想有所作为,那么他必须解决两个以上的语言能力。做不到这一点,那这个人不可能成为出众的一个人,只能是一个自己的星星自己看的一个人。要想成就一番事业,不解决多种语言文字的问题,那会是很难很难的。如果你办这样一所学校,十年如一日,二十年如一日,那么,我们就能说,你对这个民族的发展是有贡献的一个人,因为你看到了人,抓住了人。干起来吧,兄弟,这是一条光明的路,我将从各方面大力地支持你,你有经济实力,我有经验办法,我们结合在一起,干一番为民族的教育事业有好处的事,我们会长久地活在人民的心中。我们这个民族,在今天的社会里,必须成为一个能够操纵多种语言的民族,必须适应国家的总体发展,必须有一批先进的人们走在前面,而后我们才能适应经济社会的发展。

我算是受教育了,麦西来甫说动了我的心。是的,最重要的是今天。在一个月的时间里,我们谈了多次,又请来了一些曾在大中专院校教过书的专家教授,听取了他们的意见,最后决定向政府申请,建这样一所民办学校。在一九九九年的伊犁河谷,这样的一所语言学校办起来了。麦西来甫担任了名誉校长,三幢楼拔地而起,我开始了我的新的事业。

麦西来甫说,一个有钱的人,必须有脸,为社会工作,就是你的脸。一个有脸的人,他必须有钱,为社会工作,就是他的钱。我想,成长和成熟是太麻烦的事,也是有意义的事。

故乡,这就是我的一生,现在我赤身赤心地站在你的面前,接受你的检验。我的过程不是寸草不生的戈壁，也不是百花盛开、候鸟鸣唱的果园，我真实地活着，但这种真实都是可以拿出来让人看的，我在纯洁的湖面上尿过尿，也在平静的伊犁河岸唱过我的爱歌，我的爱不在脸上，我的丑陋不在我心里。我是你忠诚的候鸟，我在任何光荣与梦想中都没有丢失你给我的天空，这不是我的福分，是你的恩赐，我将铭记在心中，在我的磨难和幸福里，在我有风有雨有爱的世界里。